中国新文学史研究书系

〔比〕文宝峰 著

杨蕾 译著

新文学运动史

山西出版传媒集团
北岳文艺出版社 · 太原

图书在版编目（CIP）数据

新文学运动史 /（比）文宝峰著；杨蕾译著 . — 太原：北岳文艺出版社，2021.1
（中国新文学史研究书系）
ISBN 978-7-5378-6221-9

Ⅰ.①新… Ⅱ.①文… ②杨… Ⅲ.①中国文学－现代文学史－文学史研究 Ⅳ.① I209.6

中国版本图书馆 CIP 数据核字（2020）第 102242 号

新文学运动史

著　　者：［比］文宝峰

译　　著：杨　蕾

策　　划：续小强

主　　编：陆东平

责任编辑：左树涛

书籍设计：张永文

印装监制：郭　勇

出版发行：山西出版传媒集团·北岳文艺出版社

地址：山西省太原市并州南路 57 号　邮编：030012

电话：0351-5628696（发行部）　0351-5628688（总编室）

传真：0351-5628680　网址：http://www.bywy.com　E-mail：bywycbs@163.com

经销商：新华书店　印刷装订：山西人民印刷有限责任公司

开本：787mm×1092mm　1/32　字数：163 千字　印张：6.75

版次：2021 年 1 月第 1 版　印次：2021 年 1 月山西第 1 次印刷

书号：ISBN 978-7-5378-6221-9

定价：42.80 元

《中国新文学史研究书系》选编说明

在通常的中国现代文学史（或现代中国文学史）叙事中，白话文学自 1918 年鲁迅的《狂人日记》正式登上历史舞台，随之也进入文学史的书写视野，大概从 1923 年胡适在《五十年来中国之文学》最后一节略讲文学革命的历史和新文学的大概开始，到陈子展在 1928 年出版的《最近三十年中国文学史》，朱自清从 1929 年开始在清华大学讲授"中国新文学研究"，并整理发表了《中国新文学研究纲要》，直至 1949 年新中国成立前，虽然仅仅三十余年，但白话文学史的写作迅速进入成熟期，涌现出了大量既具个性又富有学术含量的"新文学史""新文学思潮史"，周作人、苏雪林以及比利时的文宝峰、明兴礼等都做出了贡献。

白话文学进入 1949 年后，走上一条与前三十年颇迥异的道路，白话文学史的写作也因此发生重大变化，从 1951 年由王瑶的《中国新文学史稿》(上)、1952 年蔡仪的《中国新文学史讲话》开始，包括张毕来、丁易、刘绶松、任访秋、孙中田以及吉林大学中文系中国现代文学史教材编写小组、中国人民大学语言文学系文史教研室现代文学组，甚至复旦大学中文系现代文学组等个人或群体，进行了极具时代特色的新文学史(现代文学史)、新文学思潮史写作。"文革"后，这种新文学史已不适应改革开放的国情，唐弢、严家炎等开始合作修正新文学史，直至 1980 年代中后期提出"重写文学史"的口号，之后各种

"中国现代文学史""中国现代文学三十年""二十世纪中国文学史"如雨后春笋般涌现，一定程度上矫正了中国白话文学史的写作。但是，因为历史的惯性，也因为观念、思维和审美的异化和固化，甚至不乏个别文学史家的偷懒，现今发行较大的几种现代文学史，都不同程度地存在各种大小不等的问题。

为了更客观地展现和再现白话文学史的历史全貌，也为了弥补文学史界在"重写文学史"中资料不全的遗憾，特选编《中国新文学史研究书系》。

《中国新文学史研究书系》，作为一套规模比较大、比较珍稀的史料丛书，系迄今为止国内首次选编和出版，其中收录了：苏雪林在武汉大学写作并内部印刷的《新文学研究》（1934年）、陆永恒的《中国新文学概论》（克文印务局，1932年）、王哲甫的《中国新文学运动史》（杰成印书局，1933年）、王丰园的《中国新文学运动述评》（新新学社，1935年）、霍衣仙的《最近二十年中国文学史纲》（北新书局，1936年）、吴文祺的《新文学概要》（亚细亚书局，1936年）、李一鸣的《中国新文学史讲话》（世界书局，1943年）、任访秋的《中国现代文学史》（前锋报社，1944年），以及外国学者撰写的新文学史著作：比利时的文宝峰的《新文学运动史》（Histoire de La Litterature chinoise moderne，1946年）。《新文学运动史》是中国新文学、新文化走出国门的一个标志，在文学史和文学传播史上也是占有重要一席。

其中尤为值得一说的是，北岳文艺出版社斥资对文宝峰的《新文学运动史》进行了翻译，译者为留法博士杨蕾。这是国内外首个译本，也是比较权威的译本。

《中国新文学史研究书系》没有求全，而是确立重要与珍稀兼顾的原则，选取"新文学史"。选本绝大多数采用的是首版版本，其中苏雪林的《新文学研究》来自厦门大学谢泳教授的收藏和推荐，在此表示感谢。其余各书，少数为编者本人所藏，多数系编者赴美时从美国各大学图书馆获得并扫描完成，真正实现了一次学术无国界的自由共享，其中的感念是每一个读者应该可以体验和想象到的。

《中国新文学史研究书系》选编的另一个特点是简体排版。为了方便研究者阅读，本套文学史书系全部改为简体排版，标点符号也采用新式标点，这在国内外也是首次。在编排中，除了极个别字句的明显错误予以修正之外，其他方面在不影响阅读的情况下，则尽量均遵照原版，有助于读者还原民国图书出版的历史现场感。

《中国新文学史研究书系》得以面世，得到过学界前辈丁帆、李新宇、谢泳、李怡等教授的指教和帮助，在此一并表示感谢。

《中国新文学史研究书系》为国内首次选编和简体排版，难免存在各种不足，敬请各位同仁批评指正。

陆东平

2018 年 3 月 18 日

前　言

　　本书不求将中国之近代文学尽数研究，吾人亦无意触及一切疑问，分析所有作者。吾辈谨希望此书可成一概述，诸君既对今日中华之文化及文学怀有兴趣，可以此入门。本书亦无意使用欲穷尽说理之个人作品。

　　本书并非尽善尽美。原因何在？其一，作者水平有限。数年之研究尚不足以将如此之大之领域尽数了解。正因如此，对于作者及作品之赏析，还应交予中国批评家；吾人之角色，不过编译者而已。至于见解种种，谁是谁非，则交由读者诸君，自行评判。

　　而另一阻碍，则在内容本身，使此书撰写不易。在撰写其作品《英国文学史》时，埃米尔·勒古伊斯（Emile Legouis）先生亦有此问题。其观察同样可用于评论近代中国文学："愈接近当下，对文学之确切研究则愈发艰难；如此情况，分析了无新意。一则缺乏前景；二则有些作品本可历久弥新，却与昙花一现之'畅销书'混作一谈，无法鹤立鸡群。前者不能脱颖而出，重重评论后，如此评析方法即将作家及书籍答题归类排名。作者诸君之文风无法全然体现，亦不能突出其种种个人特点。

　　"比起评价赏析，为作者作品分类分派更为困难。分类之内在原则不可运用。诸位作家之个性不得而知；其内心之谨慎持重使之不足为外人道也。作者的弦外之音须分析得清楚明晰。但作者诸君中，少有坦白大方者；然吾人之所渴求，却并非其平铺直叙之言。唯有不受'人'干扰之虞，传记与评论方可拥有其完整之自由与全部之研究方法。生者三缄其口，逝者反而多言。"①

又一困难，也许更令人苦恼，则是种种偏见堆砌，扭曲观点，扰人判断。

加之如今中国，文学流派百家争鸣，接踵而至，却又鱼龙混杂，变化无常，令其发展脉络难以捉摸。西方文学亦如此，数十年来，其发展之复杂实在令人目眩：有浪漫主义与自然主义，又有印象主义与表现主义，接着是新浪漫主义，再到象征主义与新现实主义……大量流派争相现世，共存、争斗、消失、重生，许多流派甚至难以发展成熟，吾辈早已见怪不怪。中国亦不能置身事外，同样沿袭此道，受到所有新式文学之冲击。

各式文学潮流，五花八门，若要对当代之中国文学做出定论，则困难重重，甚至几无可能。各种流派并存，难以为继，摇摆不定。某流派诞生，只是为了否定其本身的过度发展；其争斗或多或少亦能成功，而随后此流派却又落窠臼，发展过度，引起新的反对乃至新的流派。多少当代作家不识此道！如日中天时，他们大行其道，一意孤行，到头来不过被人驳倒。昔日用以批判对手的凛冽言语，今日则倒戈一击，愈发严苛，落在自己头上。

风向转变虽频，各流派与作者却均是有迹可循，并在其侪辈之内心、精神与想象中，不论好坏，留下其印记。

风向转变虽短，要研究其发展，依然不易。作家如郁达夫，如今不过年届五十，其文风便已由自然主义变至新现实主义，再至国防文学，其间几无过渡，只是连连转变，留人目眩。

①勒古伊斯：《英国文学史》，阿歇特出版公司，1921，第124页。

中国之新文学运动，虽百花齐放，却享有共性：均探求某种社会秩序；其行为经常掺有政治考量，而后者，则起于三十年来社会之大变。也正因如此，文学与公众之密切结合，使吾辈乐于见其宗教、道德、卫道及社会观点。

如斯即吾人尽力着手撰写并出版此书之最终理由。分析并分类主要作家及其作品，结合中国批评家之观点，研究其对当代中国之影响，并综合成书，以飨诸君，助其完成文化使命。此即吾等之唯一目标。于此，吾辈谨望此书得以物尽其用，不致浪费。

于新文化——于新文学尤甚——可有两种极端态度：不加分析，全盘否定；或不加辨别，通盘接受。善者，在于二者平衡。欲取此平衡，唯有尽可能深入理解各种事实及学说，不说同情与慈善，至少做到不偏不倚。若要如此，则须尽力看清事物之原意，再下判断，而非信奉各类外文期刊。这些期刊常常失于片面，模棱两可，更有甚者，不甚完整，有所偏颇。盲目信任外文期刊，每每使吾等与其失之交臂，如此做法之弊端，吾辈仍认识不够。如某出版社所出版之众多册子，即危害典型；其中一本，出版于1933年之《中国当代作家》，不过是译自钱杏邨出版于1929年之评论集。此书文风粗劣，见识浅薄，歪曲鲁迅与郁达夫之原意。

其实，于文艺复兴与文学复兴（不过是前者的某一方面），好坏并存。吾辈应取其精华，去其糟粕，评判之标准非吾等个人之好恶，而应听从理性。因而分清吾辈所面临之各类因素则尤为重要。无论何物，不能仅因其不合于吾人之观念，即大加鞭笞或嘲讽。

于此，吾谨向常风教授致以深厚谢意，先生友善，多有相助。虽困于集中营内数月之久，先生依然尽心检查拙作，为吾提供必要之资料信息。先生每周下榻陋室，吾每每喜出望外，并以此为鞭策，再接再厉。

另诚挚感谢诸位同仁挚友，于吾之写作校对，帮助良多。

亨利·冯·博望
于 1946 年圣约瑟夫日

引 言

　　吾辈所处之时代可谓中国文学史上最为重要之节点之一。1890 年以来，各类文体乃至语言本身均已经历数百年未有之大变革。依吾人所见，传统中国文学庶几消失，而另有他者，取而代之。

　　新时代伊始，旧式文风仍然占据上风。散文首推"桐城派"，诗词执牛耳者则为"江西派"。然二者随后迅速衰落，七零八落，今再难见。

　　传统文学，始于中土，盛于中土，乃中国之独有文化。然新文学则愈发受西人影响。

　　无论内容还是形式，旧文人均好古风，以期模仿古人。而今人则不然，上下求索，以期原创，与时俱进，适应今人今事。

　　从前，旧文人欲出人头地，科举考试乃必由之路。然在专制保守之政府治下，如此考试必然衰败。其教育体制之僵化阻碍文学发展。考取之文人即可直接入仕，而诸位举人进士为官一方后，便只是想方设法保其官帽而已。而名落孙山者，则自认名利皆失，一败涂地，久而久之，败者愈多，心怀不满，社会有累卵之危。

　　1890 年前后，维新派诉诸改革。其首胜即 1906 年科举考试之废除。此乃日后更为重要之政治文化改革之前奏。旧政权治下，文学不过因循守旧之作，无论内容、形式，皆尚古体。至于白话小说，不在文学之列。今人则求百花齐放，各类文体应均可立足，即便是白话小说，也应如此。文学不分贵贱，民歌乡谣、儿歌童谣，亦有一席之地。

传统文学作品之语言选择，轻而易举，无须争议。如今"国语运动"却处于文学改革之中心。更有甚者，发起"废弃汉字运动"，兹事虽不成，此后却有人再提，计划目的有变。

最后，旧文学乃少数者之特权，富贵者不知柴米贵，不必劳作，自可投身文学，消遣解闷。新文学则应百姓大众之忧虑困苦而生，既望百姓之聆听阅读，又欲民众以之为器，发声呐喊。

粗看之下，变革种种，各行其是，并不协调，然殊途同归，即均为反对传统。因而各类变革有着相同之环境与背景——现代中国政治社会之变迁。最后，如现代西方之文学与哲学，中国新文学之变革，同样潮涨潮落，三教九流，参差不齐。

目　录

一、桐城派于现代文学之影响

19世纪下半叶，西方科学于学堂教学之地位愈发重要，而此前，学生之所学，仅为传统的四书五经。经此变革，文学之教育亦历经重大改变，甚至达激进之地步。

西方文明与中华文化何以珠联璧合，相得益彰？时人发此天问。1894年，中日甲午战争后尤甚——中国之现代化迫在眉睫。凡如种种社会及政治问题，中国文人对此亦分为三派：左右极端者二，居中温和者一。远见卓识者，如曾国藩、张百熙与张之洞诸君，以为时不我待，学堂教育中，四书五经可少，西方科学须增。然古文还应保留，此乃中华传统文化之象征。于此，他们不过追随桐城派之脚步。此学派乃散文扛鼎者，于19世纪仍大行其道。

桐城派由姚鼐（1732—1815）所创。其人乃18世纪之大儒，自称追随另外两位大儒：方望溪（1668—1749）与刘大櫆（1698—1779）之学理。三人均为安徽桐城人氏，此流派便以此命名。

曾国藩（1811—1872），湖南湘乡人氏，乃桐城派之卫道士。西方科学与中国传统文化应如何共处和谐？曾以为桐城派内蕴解决之法。其作《曾文正公五种》乃尺牍文书之典范，广为流传。

而于古文最后之倡议者中，最为重要之人乃桐城人氏吴汝纶（1840—1903），其地位毫无异议，所谓"思想最新，造诣最高"①。

①陈炳堃：《最近三十年中国文学史》，太平洋书店，1931，第79页。

末代古文作者均深受其影响。面对西方文明浪潮高涨，吴先生以为，许多古籍可弃，唯独留下一本《古文辞类纂》即可。先生有言："日后西学盛行，六经不必尽读，此书绝不能废……此后必应改习西学，中学浩如烟海之书行当废去，独留此书。司令周孔遗文绵延不绝。"①

吴汝纶先生于当时不可谓不先进。先生提倡西学，倡议翻译欧洲典籍，致力于建立现代学校，派学生留学。先生推动语言统一之运动，提倡言文一致，口语也可入文学。然先生亦有所担心，倘若口语入了学堂之教科书，古文恐再无出头之日矣。其自认桐城派之正式代表。其逝世之日，即桐城派消亡之时。

至此，学堂课本撰写者之主要考量，仍是尽可能保全"古文"，而对于西方科学日益增长之需求，则不必理会。然而，随后面对现代化之成功，又变为最大限度地保留旧学科。此外，为保护古文与传统，桐城派并不仅限于宣扬现代科学，与此同时，亦尽力维护中国传统道德。周作人评论道："他们不但是文人，而且并做了道学家，他们以为文即是道，二者不可分离。"②

桐城派将文学之教育总结为"义法"二字，并下之以《易经》之定义："义之所谓言有物；法之所谓言有序。"说得虽好听，然久而久之，桐城派仅捍卫起下半句，即写作之文体，而忽视应有之内涵。学派从此成了"宗派"，深陷教条，思想反动，纲领陈旧，仅为少数老顽固学究所用，俨然一条抵御新文化与新文学运动之最后防线。

除文学之口号"义法"，于道德，桐城派亦有二字总结，即

---

①陈炳堃：《最近三十年中国文学史》，太平洋书店，1931，第80页。
②周作人：《中国新文学的源流》，人文书店，1932。

"仁孝"。然此二字，不过是旧时代之残留，不切实际，诞妄不经。其顽固抵抗自是徒劳，不过陈旧文学之卫道者而已。新文明来势汹汹，桐城派孤注一掷，拉起"孔教运动"之虎皮大旗，反招胡适、陈独秀等人之激烈批评。在讽刺小说《狂人日记》中，鲁迅更痛斥孔教为"吃人的礼教"。

二、早期古文译作及文章

两位桐城派作家对中国文学之最终发展影响巨大，不因其文风，而因其以古文译外文之作法。二位将现代西方之理论与文类引入中国。其译作之出版使古文得以"苟延残喘"二十余载。二先生即严复与林纾，前者乃中国最早翻译现代社会与科学书籍之人，后者则令国人得以阅读欧洲早期小说。二人之前，虽然亦有他人将部分欧洲典籍译为中文，然如斯译作终究仅限宗教、科学与军事相关而已。

严复，生于 1854 年，福建人。1877 年严复留学英国，于英国皇家海军学院进修。学成回国后，成中国高等教育举足轻重之人，曾任海军学堂教习，后任京师大学堂校长。严复留学，受袁世凯之资助。英国乃议会制国家，在此留学，严复亦受影响，主张君主立宪。袁世凯纳其之见，以为国体，试图复辟。复辟失败，严复回福建，就此隐居，最终于 1921 年去世。严复之译作众多，如赫胥黎之《天演论》。此书引慈禧太后不满，严复所幸得荣禄相救。其他作品，有穆勒之《群己权界论》与《穆勒名学》、斯宾塞之《群学肄言》、亚当·斯密之《原富》①、孟德斯鸠之《法意》②、甄克斯之《社会通诠》及耶方斯之《名学浅说》等。完整作品清单请见《东方杂志》22 卷第 21 期。

---

①即《国富论》。——译者注
②即《论法的精神》。——译者注

依胡适之见，严复之译作兼具文学价值。其"信、达、雅"之翻译原则，影响深远，乃译者之典范。严复亦自述为求翻译之准确，虽几字数词，也需七八日，甚至数十日之功。桐城派领袖吴汝纶对其评价颇高，而张之洞亦认为，严复乃"以中学包罗西学"之楷模。

然其作品并非全然只得交口称赞。反对者以为西学理论本已艰深复杂，再以文言译出，几不可解，因此，若非既通古文，又晓哲学之少数精英，无人可以受用。另有批评者，援引欧洲为例，直言文学既属文明之一部分，理应共同进步，于中国亦应如此，否则青年如何学习科学？加之，欧洲科学典籍并非为旧文人之用而译，其翻译应惠泽大众，使百姓亦可读。严复以为，作品普及百姓前，须先得文人之认可，使其学得新学科之知识。随后方普及大众，百姓可学。在此之前，还应先使文人可读可解，因而以古文译出，并于行文之中加入儒家之道德考量。

林纾，亦以其字"琴南"为世人所知①，生于1852年，福建闽侯人氏，光绪八年举人，于国立北京大学任讲席数年。于政治，林纾支持段祺瑞（安福系），反对胡适、陈独秀等，抵制新文化运动。其译作极多，其中英国小说93本，法国小说25本，美国小说19本，俄国小说6本，其他国家亦有十余本。其成名作乃《巴黎茶花女遗事》。其译作中，原著作者有莎士比亚、丹尼尔·笛福、亨利·菲尔丁、乔纳森·斯威夫特、查尔斯·兰姆、罗伯特·斯蒂文森、查尔斯·狄更斯、沃尔特·司各特、亨利·赖德·哈格德、柯南·道尔、安东尼·霍普、华盛顿·欧文、哈莉特·斯托夫人、维克多·雨果、大小仲马父子、巴尔扎克、伊索、易

---

①陈炳堃：《最近三十年中国文学史》，第90页。

卜生、约翰·威斯、塞万提斯与托尔斯泰等。

林纾乃以古文翻译爱情小说之第一人，使旧文学亦有全新之切入角度。除翻译外，林纾本人亦有作品，其中一篇小说名为《冷红生传》，多为林纾个人之感想思绪。虽显多愁，情却真挚，林纾借此痛斥伪君子"虽心中思念美女，颜色亦不敢动"之矫饰造作。

其文风偏自然主义，以写实叙事，人物谦恭文雅，受19世纪理性主义与实证主义之教育。

于"自然主义"，有人更愿将之称为"写实主义"，而使"自然主义"带贬义，近乎"色情淫秽"。小说如《金瓶梅》，出格之处较多，即归自然主义。左拉、福楼拜及劳伦斯等人之作，则归写实主义。

林纾不欲嘲讽正人君子，亦不作道貌岸然状。以本来面目示人，即使自曝其丑，方乃其之所愿。

另外，林纾不懂英文，其翻译须先另有口译者告其大意，然后方可下笔。因此其译文与原文常有出入。

类似严复，林纾自认其文笔属桐城派，然其以古文翻译，叙写小说，又以文言寄托情思，更与桐城派主张之刻板道德观念背道而驰。

章炳麟，亦以其号"太炎"为世人所知，生于1869年，浙江余杭人氏，诵读经典，熟习经史，专于《春秋》，以之驳斥康有为儒家孔教之思想。章炳麟曾参与张之洞之改良运动，又因其为邹容《革命军》一书作序，二人均被控谋反，入狱三年（1903—1906）之久。邹容受折磨致病，死于狱中，章炳麟则得以出狱，流亡日本，主编革命报刊《民报》。于日本，章炳麟亦不甚如意，敌人众多，生活贫穷。学生之中，有吴承仕与钱玄同。其乃蔡元培之友，中华民国成立后，亦活跃于政坛。其后，袁世凯篡位，章炳麟奉身而退，隐于北京一佛塔之中。1931 年"九一八"事变后，章太炎积极反日，呼吁抗日，支持张学良。最终逝于 1936 年。

于文学，章炳麟重古文经史；然于社会与政治，则支持革新于原太平天国种族革命之思想。但与其观点不合，章太炎却不屑一顾，傲慢不逊，大加讽刺。其乃"学衡派"之代表，主张"论究学术，阐求真理。昌明国粹，融化新知，以中正的眼光，行批评之职事。无偏无党，不激不随"。梁启超随后亦以此为鉴，另提方案。

三、新文学之始及白话小说之意义

19世纪最后二十年，乃改革与革命思想孕育之二十年。1895签订之《马关条约》，标志现代化之日本战胜落后之中国。民众群情激奋，以求维新。

1895年，康有为（1858—1927）与众多文人一道公车上书，以求朝廷变法图强。即便前后遭拒多次，康有为依然坚持，最终得以面见光绪帝。这一斗争持续六年之久。

1894年，孙中山亦向李鸿章提出相似请愿。各类爱国团体相继成立，如强学会、保国会等。

于维新运动中，新文体出现，即所谓论政文。不同人所写之论政文自然各有差异，然以梁启超于《新民丛报》所刊之论政文最好。

梁启超（1873—1929）乃中国新闻业之父、文学改革与共和革命之先驱。1898年，"百日维新"失败后，梁启超流亡日本，创办多份报纸杂志，包括《清议报》与最为出名之《新民丛报》。报纸杂志采用所谓"新文体"，有时亦称"报章体"，以区别"旧文体"。该文体脱胎于桐城派及八股文，梁启超称之为"欧化古文"，以其语言平易畅达，有条理，明断，且笔端当带情感。[1]但其反对保皇党，反对视立宪于无物之人，如张之洞，及梁启超之师康有为。康有为更常常指责其弟子受日语影响过

---

①参见陈炳堃：《最近三十年中国文学史》，第111页。

大。不过，文学观点之对立，实则乃政治思想之对立。梁启超改革维新之思想更为先进，严复则引以为敌，斥其以笔搅乱社会。1914年之后，许多有现代思想之报纸却纷纷采用梁启超之新文体，尤其是报道或议论立宪派与民主派之争的文章。

梁启超或为认清小说之文化、社会及政治影响力的第一人。他意欲借此影响以扩展其于社会、政治之新思想。[①]所谓"欲新一国之民，必先新一国之小说。小说有不可思议之力支配人道"。梁启超直言："小说之为体，其易人人也既如彼，其为用之易感人也又如此，故人类之普通性，嗜他文不如其嗜小说，此殆心理学自然之作用，非人力之所得而易也。此又天下万国凡有血气者莫不皆然，非直吾赤县神州之民也。夫既已嗜之矣，且遍嗜之矣，则小说之在一群也，既已如空气如菽粟，欲避不得避，欲屏不得屏，而日日相与呼吸之餐嚼之矣。于此其空气而苟含有秽质也，其菽粟而苟含有毒性也，则其人之食息于此间者，必憔悴，必萎病，必惨死，必堕落，此不待蓍龟而决也。于此而不洁净其空气，不别择其菽粟，则虽日饵以参苓，日施以刀圭，而此群中人之老、病、死、苦，终不可得救。知此义，则吾中国群治腐败之总根源，可以识矣。吾中国人状元宰相之思想何自来乎？小说也；吾中国人佳人才子之思想何自来乎？小说也；吾中国人江湖盗贼之思想何自来乎？小说也；吾中国人妖巫狐鬼之思想何自来乎？小说也。"另有文人指出，中国通俗小说之人物行为与心理，如曹操、岳飞、诸葛亮等，同样影响了中国人民之部分观念与民风。改良派先锋蔡元培亦断言，连袁世凯亦受教于《三国演义》，以仿孔明之伟业。[②]

①参见陈炳堃:《最近三十年中国文学史》，第142页。
②《东方杂志》第14卷第4期，1917年4月，载戴遂良编译《现代中国民间故事集》第2卷。

然梁启超对于旧小说却无甚好感，更愿以现代新小说宣扬新思想。

　　随后，蔡元培、胡适等人，将梁启超于小说重要性之理论完善，认为除新小说外，业已流行的广大旧小说亦当用此理论，进行改良。旧通俗小说应再校对，以去糟粕。19世纪早期，经由日本进入中国之西方小说，如福楼拜、左拉与霍普特曼等作家之作品，因其过于写实，而不受蔡、胡等人喜爱。而托尔斯泰之所谓现实主义，神秘非常，不受约束，有悲观主义之倾向，却得偏爱。因蔡、胡等人以为其与庄子思想暗合。因此，若要教育百姓，提高素质，小说须明晰、易读、真实，合乎道德，推崇真善美，鞭挞假恶丑。[①]然对于胡适，"真善美"之概念是实用的，与物理及道德之美学有所区别，可胡适却并未清楚定义其内在本质。其实，早于1910年以前，胡适便已推动中国传统通俗小说之"清洁"运动。依其之见，为中国青年之道德与文学教育之发展，此乃必要之举。然经"大众化"[②]之小说似乎并不得百姓青睐，不甚成功。

---

　　①参见戴遂良编译《现代中国民间故事集》第2卷，第229页。

　　②原文为拉丁语"ad usum delphini"，含贬义，指对作品加以清洗修改，以便大众上下均可阅读。

四、风格处于过渡期的第一批翻译及原创小说

梁启超指出，在道德与政治的改革大业中，小说可以成为极为杰出的伙伴。我们要做的仅仅是运用其理论。梁先生自己就身体力行，第一个投入到一系列小说的创作中。这些小说文学价值不大，政治忧思却极丰，代表作品有《新中国未来记》等。

与此同时，严复、林纾等维新派也深谙小说之诸多用途，并利用它来宣传他们的思想主张。一种新的文学形式由此产生。1920年，罗家伦便对这种文学形式进行过细致的分析。他将这一文学形式的作者分为三类：第一类是黑幕派，仅仅揭露各种社会不公而已；第二类是滥调四六派，十之六七完全脱离现实；第三类为笔记派，以小说的形式改写其笔记或个人感想。另外还有第四类，杂糅前三者特点于一身，名曰：讽刺小说。此类小说直接或间接地抨击空洞的传统的形式主义，但对这样的传统却未伤及毫厘。实际上，这些小说只是充当了传统消亡的见证者。

这并不是说上述分类涵盖了这一时代所有的作者和作品。但是这种分类使我们发现的四种基本趋势在一些人的作品中体现得更为纯粹，而在另一些人的作品中更为混杂。

从这一分类可以清楚地看出，这一时期的作者正是1920年后新文学的先驱者。由他们所组成的这一流派有着各自的文学渊源。胡适和陈独秀的新文学革命让这一流派向几个不同的方向

分流。但是在新文化运动白热化之后，这个本质上始终如一的流派又再一次清晰地呈现在人们面前。循着这三种或者说四种趋势发展的痕迹，从"建设性的新文学运动"滥觞的 1919 年一直看到今天，是一件有趣的事。在这些年的过程中，我们能看到各种各样的影响因素，但总的来说它们都不过是些偶然的小变化，始终赶不上新文学之浩荡激流。1919 年"五四"运动后尤为强调社会意识的苏醒。1925 年"五卅"惨案开始受到社会主义和阶级斗争的影响。1932 年"一·二八"事变后民族反抗之声更为响亮。而从 1937 年"七七"事变开始，战争文学重新占据了突出位置。

下面将列出上述四类小说趋势的代表人物以供一览。

黑幕派

李宝嘉，1867—1906，江苏武进人。起先以记者身份闻名，后投身社会批判小说创作。

吴沃尧，1867—1910，广东南海人。小说创作的体制与前者相似。

从文学角度评价，李吴二人皆无太大造诣。此二人都因他们的犀利批判树敌众多，加之无法改正自身写作上的问题，尤其又身处形式主义盛行、迂腐守旧的社会制度下，最终只能深陷黑幕之中。

刘鹗，字铁云，1857—1909，毕生致力于追求科学与进步。1895 年，他曾上书请修铁路、开山西煤矿。久而久之，他的请愿虽得皇上应准，却引得一群保守派嫉恨，并视其为汉奸。1900 年正值饥荒，刘鹗从八国联军处购入大量粮食，赈济饥民。后来，他被流放新疆，病死异乡。他曾化名洪都百炼生，著有讽刺当时社会的小说《老残游记》，并在其中对官场的腐败痛加谴责。

滥调四六派

伍光建，1868—1943，广东新会人。早年考入天津水师学堂就读，随后在袁世凯掌权期间奉派赴英国一所海军学校学习，后转入伦敦大学。学成归国后，他曾出使多国担任要职，之后回国历任了一些政治和军事职位。民国初始，任财政部参事。他的文学生涯开始于40岁。与其他有声望的作家不同，他先是翻译了许多欧洲小说，然后才转为原创，但是几年过后又重新投身于翻译事业。他的一生译著甚多，代表作有：大仲马的《侠隐记》和《续侠隐记》、马基雅弗利的《霸术》、杜德的《婀丽女郎》以及盖斯凯尔夫人、狄更斯、菲尔丁、雪尔顿、霍桑等人的作品。胡适评价他，尽管属于旧学派，但是"用的白话最流畅明白"。

笔记派

苏曼殊，1884—1918，原籍广东，父为旅日华商。他的父亲早逝，母亲改嫁给一位姓苏的中国人。曼殊接受过良好的教育，通晓汉语、日语、英语、法语和梵语。开始时，他以宋词的形式将外国诗翻译成汉语。1911年，他参与革命，加入南社。在他出版的几部小说中，《断鸿零雁记》讲述了一个孤儿削发为僧，远渡重洋，寻找生母的故事。途中主人公偶遇佳人，遗憾未果。全书弥漫着一种悲剧色彩，文情悱恻。而书中大部分实为作者借小说之口讲述自身经历。此外，苏曼殊还著有《绛纱记》《焚剑记》《碎簪记》等。

胡适曾这样评价苏曼殊作品中的道德观和文学性："吾……特取而细读之，实不能知其好处。《绛纱记》所记，全是兽性的肉欲。其中又硬拉入几段绝无关系的材料，以凑篇幅，盖受今日几块钱一千字之恶俗之影响者也。《焚剑记》直是一篇胡说。……有何价值可言耶？"[1]

讽刺小说

曾朴，1872—1935，江苏常熟人。他在著名小说《孽海花》中描写了一个20世纪初的中国社会。这部小说以义和团运动、后被占领北京的联军镇压为背景。小说中的女主人公原名赵彩云，生于1870年，13岁时便为了生计下海接客，是名噪一时的苏州名妓。后改其姓氏而保留原名。1887年，时年50岁的前科状元洪钧将她纳为妾。同年，洪钧被委派出使欧洲，彩云随任同去。他们在柏林享尽奢华，却也闹出颇多笑话。在德国期间，彩云结识了将军瓦德西。1890年洪钧回国。后来，洪钧病死于北京。洪钧留给他的挚爱彩云以巨额遗产。然而洪家人暗中作梗，彩云始终未能拿到这笔遗产。后由于战乱，她再次回到苏州。1894年，她化名曹梦兰回到上海重操旧业。五年后，她与当地富商孙作棠交好。在孙的煽动下，1898年她在天

---

①《胡适文存》第一卷，54页。

津创办了金花班，人称"赛二爷"。此时朝中大臣杨立山成为了她的保护伞，对她宠爱有加，使她下定决心去北京定居。

1900 年夏，义和团闹事导致金花班解散，她一度沦落到穷困潦倒的地步。有一日，她听闻瓦德西将军正在北京城内任联军统帅，便前去拜见并留在了他的身边。她也因此得以拯救大批同胞于危亡。全城人对她多有感激，并视她为民族英雄。

英法联军走后，她重回过去的生活并逐渐在历史上销声匿迹。然而时至今日，她的形象依旧在众多乡歌民谣和民间传说中栩栩如生，人们称之为"柳巷巾帼"。她是曾朴小说中的女主人公，也是林纾描写当时政治、文化巨变的《京华碧血录》中的女主西银花。《孽海花》是曾朴化名东亚病夫创作的小说。他的儿子曾虚白生于 1895 年。父子二人共同在上海创立了真善美书店。这家书局在 1930 年出版了《鲁男子》。另一些同类型的小说也在真善美书店相继问世。同时，书店还致力于在中国推介法国戏剧，并翻译了一系列雨果的作品。

林纾也出版了几部历史小说。《京华碧血录》讲述了百日维新和义和团运动。《金陵秋》重现了辛亥革命时南京的社会风貌。《官场新现形记》则展现了中华民国成立之初的风云变幻。

这一类的小说情节取材于真实的历史事件，也因此最容易创作。但从另一个角度来说，它有时也要求作者重新构造某些事实与人物的历史意义，以保持小说的整体性与趣味性。可能正是由于这个原因，这类小说往往在国外能比在国内取得更大的成功。林语堂在之后也写了一本类似的小说《京华烟云》，讲述了一个家庭从旧中国的大厦将倾到新中国的呱呱坠地这 35 年间的故事。这部作品的英文版广受赞誉，而中文版却默默无名，可能正是由于书中内容有时背离了广大中国读者记忆中依旧鲜活的历史事实。

五、新文学革命

　　几十年来，中国的文化革新不断进步，而新文学革命只是这场革新的一个方面。因此我们不能将两者分而谈之，否则就极有可能无法欣赏到新文学革命应有的价值。

　　这场革命的进程可以分为三个阶段：

　　文学解放，白话文运动，或称之为工具运动更为贴切。[①]

　　文学革命，或文学的彻底改变。

　　新学派涌现，并向各自的文学方向发展。这一时期是建设时期。1921 年文学研究会的成立标志着第三阶段的开始。

文字解放运动的背景和领袖人物

　　自 1900 年起，"白话"就已成为人们公开讨论的话题。虽然当时已有林纾主编的《杭州白话报》，其他同类型的尝试也层出不穷，但此类"白话"并非我们今日所讲的白话。它与白话文学毫无干系，而仅仅是一种更为通俗的表达方式，能让大量文化程度不高的民众读懂这些报纸，便于新思想的传播。

　　两种"白话"之间有两个区别尤为突出。首先，现在的白话是基于"话怎么样说，便怎么样写"的原则。而 1900 年的白

---

　　①参见沈从文：《论中国创作小说》。

话整体上只是对古文的翻译，其主旨与精神仍是八股，唯形式与表达更平易近人。其次，今日我们认为"白话"应是国语的文学、文学的国语。而林纾之白话的受众则限于民智未开的白丁。在他看来，传统的文化形式应保留其全部的价值和优越性，但政治和社会改革又迫使政客们需要深入群众煽动民意，故唯一的办法便是发明一种简化的语言。胡适曾说："第一阶段的白话是开民通智的工具，而第二阶段的白话则是创造中国文学的唯一工具。"然而，正是第一阶段的白话在各方面展现出的实用与高效，为第二阶段的白话开辟了道路。

这场蓄力多年的运动在 1915 年之后更加速了发展的步伐。几年间，在校长蔡元培的带领下，一群满怀热情的白话文运动倡导者聚集于北京大学。蔡本人曾是旧体制下的翰林学士，但他后来留学德、法、英，深受西方自由思想熏陶。他推崇自由，在校园内各种新旧政治、社会、文学主张蓬勃生长。于是 1916 年以后，就有了坚持自由主义的胡适、鼓吹阶级斗争的陈独秀，还有较之前两者相对克制的钱玄同。同时期的周树人（鲁迅），针砭时弊，为文化革新的建设殚精竭虑，尤其致力于将先进的思想引进当时的中国。而他的弟弟周作人比他少了几分尖刻，多了一些仁慈。除了这些时代先锋，还有一批诸如林纾等旧学说的代表。下面的一些人物小传或许能让读者对当时的各种运动和骨干人物有更全面的了解。

蔡元培，字子民，1868—1940，浙江绍兴人（与周氏兄弟、罗家伦及其他许多小说作家同籍），自小入私塾接受传统文化教育。1883 年，15 岁的蔡元培第一次参加科举，考中秀才。1889 年，21 岁的他考取举人，随后又在 1890 年高中进士。1894 年，时年 27 岁的他得授职入翰林院编修，先后被任命编纂上海和浙江地方史。1902 年，他率先在上海创立了爱国女学堂，同时在南洋公学特办担任总教习。正是在这一时期，他萌发了从其根源学习西洋文化的念头，于是便向当时居住于徐家汇的马相伯请教，学习拉丁语。古希腊和罗马的古典主义使他逐渐相信，美学可能可以代替宗教。1907 年，他被革命宣传所吸引，同年赴德国学习哲学。出国前他的老师马相伯曾反对他学习康德主义哲学，然而最后还是任由他去学了。

1907 年秋，他在莱比锡大学学习实验心理学和美学，同时经常去文明史与世界文化史研究所旁听。此时的莱比锡的大学完全奉行康德主义，但其在历史学、心理学和东方学方面的研究也在世界范围内享有盛誉。1911 年，蔡元培借辛亥革命之机才得以回国，任职南京临时政府教育总长。正是他受《中华民国临时约法》所托，前往北京任命袁世凯为中华民国总统并邀请袁去往南京。但是袁坚持留在了北京，而蔡则继续履行教育部长的职责。1912 年末，袁世凯开始展露其独裁野心，拒绝承认《临时约法》。蔡预感到了危险，及时抽身，携眷欧洲。在那里，他学习法语，并参与创办了留学勤工俭学会。袁世凯死后他才回国。1916 至 1923 年，他担任北京大学校长，主张思想自由、兼容并包，鼓励一切盛行的哲学与思想继续发展。他还邀请了约翰·杜威、伯特兰·罗素等人来华讲座，讲座对象面向各个学校的学生。1923 年，他递交辞呈，重新踏上旅途，前往欧美。次年回国后，他成为了候补中央监察委员。1927 年，在国民政府担任大学院院长。1928 年，他先后被任命为国民政府委员、监察院院长和国立中央研究院院长。

1940 年，蔡元培在香港逝世。生前，他被授予了纽约大学法学院和里昂大学哲学与文学学院博士学位。

钱玄同，1887—1939，浙江吴兴人。早年于早稻田大学求学，并与章炳麟结识。回国后在北京大学和北京高等师范学校教授中国文学。1928 年，任辞典处国音大字典股主任。

胡适，1891 年出生于上海，祖籍安徽绩溪。其父博学多才，对地理颇有研究，曾多次前往满洲里科学考察，并于 1894 年去世。其母带胡适回到绩溪后，成为他第一任启蒙老师。此后直到 1904 年胡适才离开母亲，返回上海。马相伯创立震旦大学院第二年，胡适入学读书，但不久后便从震旦退学，进入中国公学就读。当时胡适的生活窘迫、物资匮乏，不得已只能教授一些课程以维持生计。1910 年，他从清华学堂的考试中脱颖而出，获得了出国留学的资金支持。于是他前往康奈尔大学就读农学。然而这一学科并非他的所爱，最终他选择了转入哲学与文学学院。他尤其醉心于美国文学、政治与哲学，并在 1914 年取得了哲学博士学位，随后又继续花了一年时间在康奈尔大学学习专业课程。1915 年至 1917 年，他在哥伦比亚大学撰写其博士论文，后以 The Development of Logical Method in Ancient China（《古代中国哲学方法之进化史》）为题发表。正是在那几年，他从艾米·洛威尔的印象主义中获得了灵感，起草了彻底改革中国文学的计划。他将这些思想整理汇总于《文学改良刍议》一文中，同时发表于《新青年》杂志和 The Chinese Student Quarterly（中国学生周报）。随后，1918 年 4 月他继续发表了同一系列的文章《建设的文学革命论》。1917 年，他受蔡元培邀请到北京大学教授哲学。在那里，他满腔热血地投入到了新文学运动中，而这也正是陈独秀希望通过《新青年》杂志来推动的运动。胡适的目标是推广通俗语言文学，废除传统封建制度，争取个人自由发展。但是他并不赞同陈独秀有关共产主义的思想。1919 年，陈离开北京撤回上海，胡接替他成为文学系主任，并于 1922 年创办了新的期刊《努力周报》。除了 1923 年到杭州看病，他在北京大学一直呆到了 1926 年。1925 年，他当选为

"中英庚款顾问委员会"中方顾问。从 1926 年至 1927 年，他游历英国、美国，又经由日本归国。回国后他先是成为光华大学教授，然后出任中国公学校长直至 1930 年离任。在此期间他在《新月》杂志（1929 年第 2 期）上发表了一系列文章批判三民主义和国民党统治。这些文章后来编纂成集，名为《人权论集》。文中表达的观点使他引起了当局的不满。不久，他被迫辞职。在商报呆了几个月之后，他返回北京着手准备翻译一系列欧洲经典作品。但 1932 年，他再次就任了北京大学文学院院长。从此，他开始参加一些全国性和国际性的教育会议，也参与到太平洋关系学会的相关工作中。1938 年，他被任命为中国驻美国大使。1945 年，成为哈佛大学教授。同年 8 月抗日战争胜利，他在哈佛收到了北京大学校长的提名。

胡适与陈独秀之倡议

在 1917 年 1 月第 1 期的《新青年》中，胡适发表了新文化运动的第一篇宣言《文学改良刍议》。《留美学生季刊》亦发表了其宣言之英文版。胡适在文中公布了文学改良之要点，其倡议有激进之嫌，所谓"八不主义"："不用典；不用陈套语；不讲对仗；不避俗字俗语；须讲求文法之结构；不作无病之呻吟；不摹仿古人，语语须有个我在；须言之有物。"他还直言："凡人用典或用陈套语者，大抵因自己无才力，不能自铸新辞，故用古典套语转一弯子，含糊过去……文胜质，有形式而无精神……注重言中之意……"

胡适之所求，惟"实"字而已。

在下一期《新青年》（1917 年 2 月）中，陈独秀亦大胆发表其宣言，以示补充，即《文学革命论》。陈独秀称："文学革命之气运，酝酿已非一日，其首举义旗之急先锋，则为吾友胡适。余甘冒全国学究之敌，高张'文化革命军'大旗，以为吾友之声援。旗上大书特书吾革命军三大主义：曰，推倒雕琢的阿谀的贵族文学，建设平易的抒情的国民文学；曰，推倒陈腐的铺张的古典文学，建设新鲜的立诚的写实文学；曰，推倒迂晦的艰涩的山林文学，建设明了的通俗的社会文学。"

诸如此类之宣言最终招致强烈反对者，言辞激烈，对立尖锐，双方鸿沟愈大。保守派发起无谓之战。有让步者，以为倡议中有数条可行，而其余则万万不可，因而亦丝毫不能影响新文化运动之诸位领袖。也有不参与争论者，只是认为胡适与陈独秀之倡议有可取之处，便立即在其写作中运用。后者虽也以为倡议有尚待商榷之点，提出异议，但因其已使用新语言写作，新文化运动之领袖因而倾听其意见。意见友善，的确令倡议中数点得以修改，尤其于语言之运用方面。胡适以后之声明亦有所验证。

余元濬立即对新文化运动加以赞誉，但亦有所保留。如于胡适"八不主义"之第八点"须言之有物"，余元濬道："言之有物云者，谓'感情'及'思想'。夫'感情''思想'二者，本为文字之起源。所谓文生于言言基于意者是也。故无情与思之文字，显然与原旨相背。此等文字，不如不作之为益。但鄙意之微有不能满意者，则胡先生所谓'吾所谓物，非古人所谓文以载道之说也'，要知文以载道之道字本非甚浮泛。果视为浮泛，则固宜为胡先生之所鄙夷。实则此处之道字，本在胡先生所谓物字之中。以物字既分'思想'与'情感'而言，则所谓物者，非必名词而后可。道之云者，直一种上乘之思想已耳。若必以为一种不可思议之最虚渺的空论也，岂通论哉。胡先生其亦知此界说，而实不能认为物乎，则所谓物者，其内容感觉太隘，无丝毫意味之可言。"而陈独秀似也在其倡议中用了广义之"道"。创造社亦在谈论其"为艺术而艺术"（即"艺术不谈道德。对于此说，人们多不敢苟同）之理论时，使用了"道"的广义含义。

对于胡适《文学改良刍议》中的第五点，二人均以为：文法虽重，却应建立中文语法，而非将外文语法生搬硬套至中文，因中国人之思考与感受方式，断与西人不同。

至于第四点"不避俗字俗语"，即无须思前想后，便能选好字词，准确表达其思想，作者补充道："盖文字之为物。本已适用为唯一之目的。'俗字俗语'，虽有时可以达文理上之所不能达。然果用之太滥，则不免于烦琐。易言之……不能不于应用上规定其范围。"[①]

论评论之深入、感情之真挚，以胡适于国立北京大学之同事朱经农为甚。朱经农，1887 年生于浙江浦江，求学日本时，加入孙文之同盟会。于上海南洋公学毕业后，朱经农投身报业。1916 年，朱远赴美国，于华盛顿大学和哥伦比亚大学进修教育学。回国后，于国立北京大学任教。1923年，朱经农进入上海商务印书馆，宣传美国"道顿制"之教学原则。1927 年，成为上海市教育局局长。1928年，其于国民政府教育部任职，先后任上海吴淞商船专科学校副校长及暨南大学校长。1932 年以来，朱任湖南省教育厅厅长。其主要作品为《教育大辞书》，由商务印书馆出版。

"有人说，文言是千百年前古人所作，而今已成为'死文字'。白话是现在活人用品，所以写出活泼泼的生气满纸。文言

---

①余元潜：《读胡适先生〈文学改良刍议〉》。

既系'死'的，就应当废。弟以为文字的死活，不是如此分法。古人所作的文言，也有'长生不死'的；而'用白话做的书，未必皆有价值有生命'，足下已经说过，不用我重加引申了。平心而论，曹雪芹的《红楼梦》，施耐庵的《水浒》固是'活文学'；左丘明的《左氏春秋》、司马迁的《史记》，未必就'死'了……所以我说文言有死有活，不宜全行抹杀。我的意思，并不是反对以白话作文，不过'文学的国语'，对于'文言''白话'，应该并采兼收而不偏废。其重要之点，即'文学的国语'并非'白话'，亦非'文言'，须吸收文字之精华，弃却白话的糟粕，另成一种'雅俗共赏'的'活文学'。是要把作者的意思完完全全地描写出来；要使读文字的人能把作者的意思容容易易透透彻彻地领会过去；是把当时的情景，或正确的理由，活灵活现实实在在地放在读者的面前。有些地方用文言便当，就用文言；有些地方用白话痛快，就用白话……汉文里头也未尝不可引用一二'名学术语'，因为'国语'尚未完全造成，译语尚无一定标准，恐所译不达其意，故存其真耳。"[1]

受到多方评论、建议，胡适于1917年由美国回来后，修改了其倡议。很快他重新提出了四点建议，自谓"破坏的八不主义"，众人以之为善。

1. 要有话说方才说话；

2. 有什么话说什么话，话怎样说就怎样说；

3. 要说我自己的话，别说别人的话；

4. 是什么时代的人，说什么时代的话。

最终，在其发表于1918年4月18日的《建设的文学革命

---

①朱经农、胡适：《新文学问题之讨论》，《新青年》第5卷第2号，1918年8月。

论》一文中，胡适定下了其最终纲领，以双句写出："国语的文学，文学的国语。"

前句意为废弃文言，以使文字活泼有生气；后句则予白话以文学价值，并称其为"国语"。欲达此目标，亟须有价值之文学作品以白话写作，如小说、通信集、戏剧、诗歌等，同时还应确立中文语法。因此，阅读典型白话作品，如旧时风靡的通俗小说，意义颇大。

另外，胡适自己还予"国语"定义：中国将来的新文学用的白话，就是将来中国的标准国语。

数月之后，胡适再次明确了此定义："文学的国语，中国今日比较的最普通的白话。这国语的语法义法，全用白话的说法文法，但随时随地不妨采用文言里两音以上的字。"①

最后，在给其反对者之回信中，胡适总结其立场，最后写道："现在中国人是否该用白话做文学，这是一个问题。中国现在学堂里是否该用国语做教科书，又是一个问题。古文的文学应该占一个什么地位，这又是一个问题。"

此"国语"最终于1920年受官方认可。

反对与批评之声

先是所谓鸳鸯蝴蝶派，所写内容多为痴云腻雨、爱别离苦。上海作家徐卓呆（笔名李阿毛）于20世纪头二十年有小说《玉梨魂》，现代文人便将此类型之小说命名为鸳鸯蝴蝶派。胡适、钱玄同与罗家伦等乃最早以此形容之人。

---

① 《新青年》第5卷第2期，1918年7月14日。

此派作家以"游戏、冷笑的态度"直面个人之生活、爱国之情怀及社会之百态。时而讥讽嘲笑，时而写出大量的黑幕小说。虽说迫于现状，有所收敛，不敢过于放肆，但依旧反对文学研究会之社会写实主义。此派有时亦得"海派"之名，意为上海之文派，与"京派"相对。现时许多作家之长篇连载小说均属此派，如张恨水、刘云若、顾明道与包天笑等。①

自然，鸳鸯蝴蝶派中，也并非所有作家均拥有此派所有之特点，只是总体而言，诸人有着相同之写作倾向。

其后乃林纾、张厚载等人之文派，其反对更为严肃，考虑亦更为周全。其抗拒起于国立北京大学，林纾时为北大教授，与新文化运动之领袖们共事。在其发起桐城派运动前，林纾自称并不反对新文化运动，其本人亦厌恶现代儒家之道貌岸然、繁文缛节。但随后，经文学之变迁，林纾发现，胡适与陈独秀发起之新文化运动可能有损中国固有之伦理道德。形式主义自当摒弃，可传统与道德之威严亦将随之沉沦；如此巨变，必定有损全体之国民。林纾将其反对之要义总结为"卫道的热忱"。身为安福系一员，林纾有时似能得总理段祺瑞之军事干预，而其之作为是将新文化运动引向深渊。因此，时任北大校长蔡元培所承受之政治压力与日俱增。千钧一发之际，1919年五四运动爆发，随后更引发全国性之示威游行。民众虽最为关心政治之问题，实则社会因素方为游行爆发之首因。北洋政府只得让步。此乃安福系之首次败北。林纾之反对亦因而瓦解。

新文化运动中，陈独秀因过于强调政治之变，而被指控反对军队，于1919年遭段祺瑞逮捕入狱。北大从中斡旋，为其说情，陈独秀很快获释，但须离开北京。他前往上海，建立了中

---

① 参见郑振铎编《文学论争集》。

国共产党，继续出版其杂志《新青年》，但愈发转向托派主义。北大的傅斯年、罗家伦等学生创办了新潮社，新潮二字下标英文"The Renaissance"，然社员间于社会之不同看法很快令社团内部分歧加深。

1920年，国语运动终于胜利。教育部下令，小学教育之前两年必须使用国语，并将之逐渐向高等教育推广。此改变亦影响了中学教育，又因其培养小学教师，而以师范学校尤甚。其他学校亦自觉地迅速效仿。从此，新文化运动之中心阵地，由国立北京大学变为了北京师范大学。

此时，于东南大学，却有教师加以反对，其人自称"复古派"，以胡先骕、梅光迪与吴宓等人为首。1927年，由梁实秋下笔，诸人予胡适与陈独秀发起之新文化运动尖锐批评。众人声称支持进步、拥护新文学、赞成国语之应用，但却不愿因新文化运动而失却传统之精粹，所谓"以科学整理国故"。

以其之见，胡适与陈独秀之新文化运动并未解决此问题。二人不过尽数抛弃中华文化，高呼"打倒传统"之口号，以效欧美。复古派之文人要保护传统，留住自认为值得尊崇之部分。为维护其主张，其人对外国文化史加以科学、严谨地研究，探讨其对各国现代社会之影响及二者之关系，以便中国得以受益。日后"新生活运动"之发源地南昌，即此复古派之中心阵地。

而自1928年以来，复古派文人在北京——以清华为尤——有了较大影响。胡适与陈独秀新文化运动中较为激进之数点，得复古派之修改；此举与周作人及其学生之观点更为接近。

于此，胡适与陈独秀之新文学又有了新基准：形式独到，不仿古人，反对陈旧，完全自由。梁实秋却嗤之以鼻，加以驳斥，谓其"空想"，不切实际。

即是不愿全然赞同梁实秋之人，于有关新文化运动及文学革命之题，依然引用其评论之概述。

梁实秋之主要观点可总结为：与外国文学相似，新文学脱胎于浪漫主义之心理，即面对旧时经典文学之拘泥形式，人们渴望摆脱枷锁，自由写作。因而，依梁之见，新文化运动之核心并非古文与白话之对立，而为古典与浪漫、中国与外国之对立。

19世纪以来，西方于中国文学影响愈深，本是无害；然若要使此影响对中国文学有益，则于众多流派，吾辈实应有所取舍。现代中国文学之舛误何在？只是一味继承、一味迎合，而至于仿效西方浪漫主义与印象主义，自不待言。不加取舍，后果便是囫囵吞枣、生搬硬套、不分好坏。

依梁实秋看来，新文化运动虽解放语言，但仔细研究，便发现如上所述，满目疮痍。于文学发展之中，语言之问题乃重中之重，如但丁之于意大利，即最佳之证明。中国亦不例外。其白话文运动其实并不新；如是运动，由来已久，无非为了对抗古文之繁杂晦涩、冥顽不灵，可谓一种中国之浪漫主义。

那么诸君要问：既然白话文运动历时久远，然则为何仅于最近数十年方得以风靡社会，焕发活力？依梁实秋所见，此乃西方影响之所致。

诚然，新文化运动之领袖多为留洋归国之学生，学了外语及外国文学，深感中外于书写与口语之不同。留学生于国外参与之运动，或多或少有所类似，又盲目效仿其行动计划，不知变通。诸君均知，胡适留洋美国时，彼处正兴印象派（亦称意象派）运动，反对英美过度的清教主义，以求个性解放。此运动起于一小撮美国人，由埃兹拉·庞德领导；于英国则以托马斯·厄内斯特·托姆主导。1909年来，众参与者时而相会于伦敦。1912年，艾米·洛威尔（1874—1925）成为此印象派运动于美国之领袖，并专门成立学派，明晰纲领。英国人于此运动颇为冷淡，于美国却大获成功。于其1915年之年度文集，意象派总结其纲领为六点；胡适之"八不主义"，或多或少受其影响。"八不主义"：语言须浅易、平实、准确；创新韵律以表情感，必要时可不受格律约束；选材不必受限，作者有完全之自由；须有"意象"（庞德将"意象"定义为"人于瞬间所呈现之理智与情感之复合体"）；作诗须言之有物、清楚明晰，不可模糊不定；作诗须全情投入，此乃"诗歌之精粹"。

总结其纲领，即可知意象派于其叙述与思想中缺乏连续性。其作品不过一连串印象与想法，互不相似，亦不容于现实生活与哲学。追求美学、感觉与激情，而非逻辑。因而其人仅能拘泥于语言美学之领域方有所作为。[1]此乃美国评论界批评艾米·洛威尔之语，倒类似于胡适之于中国评论家。"艾米·洛威尔缺乏信念。其人感性敏感，于颜色与形态尤甚，懂得如何将人与物塑造得如梦似幻，但却不能使之具备蓬勃生气、形神兼备。她没法激起读者内心人格之力量，无法予人充实、高雅及见识广博之人生印象，仅是以视觉和听觉迷醉读者，不停带其穿梭于奇幻引人之想象，领略其瑰丽夺目之色彩，却意义寥寥。"[2]

梁实秋又道："中国留洋学生明显多受此类影响；在其新文化运动中，模仿外国人。胡适之'八不主义'尤似抄袭，即便其人欲保其'专利'，不愿承认。口口声声'不模仿古人'，胡适与陈独秀却模仿起洋人来。"

除了论证新文化运动不过是一场模仿，梁实秋甚至断言，

---

①参见 W.E.泰勒：《美国文学史》。
②同上书。

模仿拙劣，不合国情。

　　语言乃文学之器。受西方影响，国人以新工具书写新
文学。此举大善。然于新文化运动之中，吾人似有所误
会，渐渐以为，即使俗言俚语也可在文学之宝地占有一席
之地。（相比艾米·洛威尔意象派之主张更为过分，不可
接受。）习语与雅语相对，而吾等则将其与俗言俚语混淆。
　　因此，文学改良仅实现了文化运动之负面效果：反对
古文，塑造唯一用语。吾人欲令文学能用口语，然于如何
将口语适应文学，却考虑不够。因而当今吾辈所为，不过
造门新语言，却非新文学——语言不过工具而已。
　　更有甚者，可谓为非作歹，意图"语体文的欧化"，
以外文白话取代中国白话。因其以为，中文无论文体语
体，均不足以用于新文学之中。
　　极端者甚至声称，中文汉字亦已不足以应付新文学，
而要将其拉丁化。

　　以上即梁实秋之论。其之辩护，有不少值得商榷之处。其
将问题之某些方面过分夸张，或偷换概念，倒亦为其锐意抗争
之果。然于问题之实质，梁实秋确似言之有理，将新文化运动
等人之行为总结得相当准确："凡是模仿本国的古典，则为模仿，
为陈腐；凡是模仿外国作品，则为新颖，为创造。"
　　因此，梁实秋总结："胡适与陈独秀并未完全明白该问题之
意义所在，而是混淆了方法与目的，不过单纯模仿，以致国之
不国。"梁之所言，并非一无是处。

　　现在所谓"以科学整理国故"，（其实就是张南皮所

谓"中学为体，西学为用"的道理）……但是方法究竟还是小事，最要紧的是标准，没有标准便没有方法去衡量一切，也便没有方法去安配一切的地位与价值。外国影响侵入中国文学之最大的结果，在现今这个时代，便是给中国文学添加了一个标准。我们现在有两个标准，一个是中国的，一个是外国的。浪漫主义者的步骤，第一是打倒中国的固有的标准，实在不会打倒；第二步是，建设新标准，实在所谓新标准即是外国标准，并且即此新标准亦不会建设。浪漫主义者的唯一标准，即是"无标准"。所以新文学运动，就全部看，是"浪漫的混乱"，混乱状态亦时势之所不能免。①

胡适似乎相当明白梁实秋所言，而在其《中国的文艺复兴》一文中，侧面回应道："中国之文化巨变，意义重大，有业已发生的，亦有正在发生的——虽然缺乏自上而下的有效领导与中心控制，虽然在事成之前仍须付出大量努力。悲观者伤痛于中华传统文明之崩塌，然此恰恰乃吾辈之所必为，否则旧文明何以涅槃。即便速度不快，即便动静不大，可中国的文艺复兴确在走向现实。此文明重生之结果看似模仿西方，然撕开外层，内里却实实在在乃中国之内涵，经历风霜雨打无数，依然岿然不动，愈发强大。"胡适于此宣称，中国要保护其自身之文化，而此亦似乎的确为胡适内心之信念。可从另一角度看，当时胡适与陈独秀于《新青年》所作之积极斗争，却恰恰与中国传统文化尖锐对立，相背而行。

---

①梁实秋：《浪漫的与古典的》，第14—15页。

胡适及陈独秀作品之总体评价①

　　若将新文化运动比作神学概论中的一个问题，胡适应当是文章的主体；其反对者则是文章以"这似乎不然……"之部分；而其支持者，即"以答反论……"之部分。与反对者与支持者相比，胡适确实将论题最为完整地呈现于世人面前。

　　胡适与陈独秀二人乃摈除旧传统、废弃古文之先锋大将。其人高呼："打倒古文，畅所欲言！打倒孔家店，还我创作魂！"胡适与陈独秀有所思想，见解无数，然几无感情，甚至于诗歌亦少。也许正因其抗争之激烈，反对者渐渐偃旗息鼓。新文化运动者崇尚现实主义，然亦因其受教于理性主义与个人自由主义，此现实主义尚不完善，现实当中许多问题仍于其视线之外。其所思考之事，要么是看上去有用的，要么是符合理性的。1920年后，新批判主义直言，新文化运动仅仅依靠理性主义与实验心理学，无法实际解决人生与人类命运之问题，胡适因而被难住少顷。有乐观者嘲笑："胡适要当基督徒了。"非也。于胡适，就此转身太难，反而更为坚持本已刺痛众人神经的自由理性主义。此胡适之不幸也，迅速失去现今中国文学与思想之领导地位，反而成了自由主义的反对分子。可胡适依然为最纯粹之新文学作家之一，乃语言解放之旗帜。然于"建设性"之文学史上，胡适仅是文体与思想之先驱者，而非大作家。

　　耶稣会神父布里叶（père Brière S.J.）亦给出相似之结论："胡适乃先导而非创造者。其《尝试集》虽结集出版，却不能证明

---

　　①参见《中国国民集志》，1943年6月，第179页。

白话足以泽被后世。其才能不在文学，而于批评、逻辑。"

　　郑振铎于胡适之文学价值有更为尖锐之评价："朱自清的《踪迹》是远远超过《尝试集》里的任何最好的一首……像胡适《终身大事》那样淡泊无味的'喜戏'也已经无人再问津了。"①

　　周作人亦有评论："胡适之先生在他所著的《白话文学史》，就以为白话文学是中国文学唯一的目的地，以前的文学也是朝着这个方向走，只因为障碍物太多，直到现在才得走入正轨，而从今以后一定就要这样走下去。"②

　　整个新文化运动中，胡适总受批评。其尽力为自由之发展消除障碍，此乃破坏之工作。而至于旧时之通俗作品（如以俗言俚语写就的小说与诗歌），胡适则加以修改，以期为白话作品造势。然于整个运动最为关键一点，即创作新文学，胡适之地位仅能算是二流。无论文章或诗歌，均是如此。

　　此处以沈从文先生之评论以结束对胡适之评价："国语文学的提倡者，胡适之、陈独秀等，使用这新工具的机会，除了在论文外，是只能写一点诗的。《红楼梦》《水浒》《西游记》等书，被胡适之提出，给了一种新的价值，使年轻人用一个新的趣味来认识这类书。……努力的结果，是使年轻人对这运动的意义，有了下面的认识：使文字由'古典的华丽'转为'平凡的亲切'是必须的；使'炫奇艰深'变为'真实易解'是必须的；使语言同文字成为一种东西，不再相去日远是必须的；使文字方向不在'模仿'而在'说明'，使文字在'效率'而不在'合于法则'是必须的。"③

　　陈独秀则更为激进。其信奉共产主义，为之宣传，文学首

---

①郑振铎编《文学论争集》，第15页。
②周作人：《中国新文学的源流》，人文书店，1932，第36页。
③沈从文：《论中国创作小说》。

先乃联系大众之工具，用以宣扬新社会理论。因而陈独秀鼓吹新文字，甚至愿意废除汉字，以图政宣之于人民更为简易有效。

《新潮》杂志：重生

杂志《新青年》由国立北京大学之教师所创办与主导，为新文化运动指明方向。而《新潮》杂志，则由北大学生所创，以期其社会学、历史学及哲学作品有发表之平台。创办杂志之想法，源于傅斯年、顾颉刚。二人属同一学院，互为室友，自1917年起即有所讨论办此杂志，但直至1919年方付诸实践。于出版时间较长之同类刊物中，《新潮》乃第一本。不过此类刊物寿命均不长，大概仅于1920年前后出现。（1918年与1921年之间，此类刊物约有200本。）

此杂志一直为思想潮流之代表，即使傅斯年更希望其能成为文艺思想之载体，并且宣扬人道主义。1920年后，周作人成为主编，然未过许久，1922年3月，杂志便停刊了。

准确说来，于文学史上，《新潮》及其两位创办者并非处于一流之地位。若论新文学发展之历史，则确占有一席之地，因其于新文字之应用中，引入科学研究。为一展宏图，诸人寻求校方之支持。虽不无艰难，蔡元培终究还是予其一些金钱上之补贴。胡适与陈独秀则于其写作及管理上帮助良多。其纲领为：批评的精神，科学的主义，革新的文辞。

傅斯年，1896年生于山东聊城。1917年，于国立北京大学文学院学习时，已经参与杂志《新青年》之编写。傅斯年积极参与五四运动，并于此期间，与顾颉刚一同创办《新潮》月刊。由北大毕业后，傅斯年前后于伦敦大学与柏林大学进修历史，

1926年回国。回北大任教前，傅斯年亦于广东之中山大学教了一段时间文学。与此同时，其已为国立中央研究院历史语言研究所之研究员。傅斯年以其历史学及语言学作品为世人所知。抗战胜利后，其时胡适校长之位处于空缺，傅代理北大校长。

罗家伦，1897年生于江西进贤。其为傅斯年之友，二人同为北大同学，亦乃《新潮》月刊之主要作者。于北大毕业后，罗家伦先于美国普林斯顿大学进修历史与哲学，又先后去柏林、伦敦与巴黎等地学习。当时罗家伦已负盛名，于时人之文化理念影响甚大。1922—1926年，罗家伦因不在国内，不知国内乱象，然与友人勤于通信，多加慰藉，使之宽心。

回国后，罗家伦投身新文化运动，尤其于《文艺复兴》杂志大放异彩。1928年，罗家伦受任清华大学校长。至1931年，于第三时期文学与年轻作家，包括梁实秋、沈从文与万家宝等相交往，罗家伦影响甚大。1930年，罗家伦离开清华，前往国立武汉大学任教。

1932年以来，罗家伦为南京国立中央大学校长；1939年，主持重庆第三次全国教育会议。

自始至终，对于新文学之最终发展，罗家伦一直判断准确。1920年，其发表于《新潮》月刊之卓越文章，已然将文学之新走势总结为三大类。

顾颉刚，1893年生于江苏苏州，1913年考入国立北京大学，并于1920年获哲学学位。顾颉刚首先于北京任教，随后赴厦门，再至广州。1929年，顾于北京燕京大学教授历史，与其好友傅斯年相同，任国立中央研究院语言研究所之研究员。1935年，顾颉刚离开燕京大学，赴国立北京大学文学院任教。1941年以来，任云南大学文学院教授。类似傅斯年，其因历史与语言学之造诣为世人所知，而于文学则稍逊。

俞平伯，1900年生于浙江德清，于国立北京大学修习中国文学，毕业后，先后至燕京大学、清华大学任国文教师。

其值得注意之作品包括：《冬夜》《西还》《红楼梦辨》《燕知草》《古槐梦遇》《剑鞘》《忆》《杂拌儿之二》等。

朱自清，1898年生于江苏东海，于国立北京大学修习哲学时，亦参与《新潮》月刊之撰写。大学毕业后，朱自清于浙江多所中学担任教师。随后回到大学任教，先是北平大学女子文理学院，再是北京师范大学，最后至清华大学。1937年"七七"事变后，朱自清、闻一多与一批清华学生，流亡南方，最终至昆明。朱自清多病，其时生活艰难。1941年，朱自清任西南联合大学文学院院长。

朱自清之散文尤其出名，而近几年，其于古代文学亦多有造诣。其主要作品有《笑的历史》《毁灭》《你我》《雪朝》《温州的踪迹》《背影》《欧游杂记》等。

朱自清与其友俞平伯有诸多相似之处。"其文风细腻深刻，充满诗意，文雅精炼；懂得使用纯粹口语，然依旧匠心独运，文笔出众。"①

---

① 李素伯：《小品文研究》，新中国书局，1932，第117页。

六、文学研究会

1920 年胜利后，新文化运动之革命结束，转入建设阶段，然参与诸君很快分成数派，各抒己见。胡适坚持其社会学与哲学观点，即个人实用主义和自由解放。陈独秀一派则以为一切都要"新"，不论如何，摈弃一切旧传统。两派似乎都未意识到，如此激进，可能引发灾难后果。因而自然有文人、哲人，认真考虑，无法接受如此立场——此可谓沙文主义，或至少可谓具有乌托邦之强烈色彩。分歧愈发严重，争端日益升级，以致新文化运动中的诸位浪费精力，无谓争吵，费力反驳，又无甚大用，最终付诸流水。为缓和争斗，建起亲切氛围，使各派文人可心平气和地交流，文学研究会应运而生。1921 年秋于北京，文学研究会成立，并于次年开始活动。此组织试图为其成员建立一个尽量完整之图书馆，专收外国文学；亦有其印刷厂，使新作品、杂志顺利出版，令优秀青年得以崭露头角，发表见解。此外，还于较为重要之文化中心，成立学术圈，研究新问题。

北方文人选择的是《小说月报》，一本创办于 1910 年的杂志，由商务印书馆出版。1921 年，文学研究会将其翻新，从此只印新小说。1923 年 1 月前，杂志由沈雁冰主编；之后则以郑振铎为主编。此杂志刊登外国各种小说之翻译，新文学发展走势之研究，中国年轻作家之原创小说，等等，五花八门，争奇斗艳。此杂志于 1932 年"一·二八"事变后停刊。南方文人则用《时事报》之副刊《文学旬刊》，由郑振铎主编。

文学研究会成立之准备会于 1920 年 11 月 29 日召开。郑振铎负责撰写章程，周作人则负责出现在北京多家报纸上之宣言。此宣言有十二位作家签名：周作人、郑振铎、沈雁冰、郭绍虞、朱希祖、瞿世英、蒋百里、孙伏园、耿济之、王统照、叶绍均与许地山。

1921 年 1 月 4 日于北京中央公园，成立会正式召开。蒋百里被选为研究会会长，郑振铎为秘书，耿济之负责财务。正式名单中，文学研究会共 21 名成员。[①]

研究会提出之目标极为宏伟，欲"整理旧文学，创造新文学"，于其章程中宣称，初次目标，其成员尽可自由地各抒己见，畅所欲言，并认为，文学乃"人生之镜子"。[②]其之存在，可助不同社会阶层得以融洽共处。

然于实践之中，文学研究会予人之印象却是"并未尊重所承诺之中立性"，而偏爱"为人的艺术"。文学研究会这一偏向性，因创造社之成立而似乎得以证实。后者成立于文学研究会半年以后，推崇"艺术至上主义"。有人总结，创造社明确反对文学研究会；而又有人假设，研究会似乎亦从此支持与"艺术至上主义"相反之观点。但以上说法，均毫无根据：文学研究会没法实现其纲领，亦无法做到中立，但却从未与创造社为敌。但也应注意，不少有影响力之研究会成员确是支持人道主义与社会写实主义，并于研究会之杂志上捍卫其观点。

当时世界所流行之"生机论"，亦影响了中国，促使研究会最有影响力之成员思考文学与人生之关系。沈雁冰与周作人

①王哲甫：《中国新文学运动史》，第 375 页。

②参见阿英编《史料·索引》，第 71 页。

最为推崇此类人道主义文学，写了数篇论文，剖析理论。鲁迅亦持同样观点，且更为干脆，直接于《呐喊》与《彷徨》两部作品中表现。叶绍钧亦于其短篇小说中表达相同意见。虽然几位意见尚有分歧，然原则却是不变，即文学与生活本是一体。如沈雁冰所说："文学的使命不但是反映时代，还能影响时代，其内容不仅再现过去，还要预示未来。"①诸位宣扬"社会写实的文学"，并非因"黑幕派"那般悲观，而因其确实认为，文学须反映时代。"新文学描写社会黑暗，用分析的方法来解决问题；诗中多抒个人的情感；其效用使人读后，得社会的同情、安慰和烦闷。"其人宣扬人道主义文学，寻求人类之各种权利得以满足，不喜"以文学为游戏的鸳鸯蝴蝶派的海派"。②文学研究会反对死板的旧传统；但由另一角度，在这一激进之运动中，即便旧传统中健康、人道之部分，人们也要打倒，因而文学研究会又欲保护、提醒青年。于文学研究会，新文化运动亦可能带来混乱与毁灭之危险——而此危险更可能无法挽回。于 1922 至1926 年，陈独秀一系列激进之做法恰恰验证了研究会之担忧。依后者之见，应以健康、纯洁之文学引导新青年。因此，文学研究会呼吁"认识社会"（社会写实的文学）和"道德"（人道主义）。这一道德与社会认识，基于人类之天性，不拘于一国一民，而应包含全人类。沈雁冰很好地总结道："我自然不赞成托尔斯泰所主张的极竭的人生艺术。但是我决然反对那些全然脱离人生的而且滥调的中国式的唯美的文学作品，我们相信文学不仅是供给烦闷的人们去解闷，逃避现实的人们去陶醉。文学是有激励人心的积极性的，尤其在我们这时代，我们希望

---

①伏志英编《茅盾评传》，现代书局，1932，第 3 页。
②参见郑振铎编《文学论争集》，第 8 页。

文学能够担当唤醒民众而给他们力量的重大责任。我们希望国内的艺术青年，再不要闭了眼睛幻想他们梦中的七宝楼台，而忘记了自身实在是住在猪圈。我们尤其决然反对青年们闭了眼睛忘记自己身上带着镣锁，而又肆意讥笑别的努力想脱除镣锁的人们……"

沈雁冰对于人道主义文学之"时代性"，还有更为详细之论述，并以为人性于今日极为重要，尤其于经济与社会方面。"文学要表现当代全体人类的生活，要宣泄当代全体人类的情感，要声诉当代全体人类的苦痛与期望，更要代表全体人类向不可知的运命作奋抗与呼吁。不过在现时种界国界以及语言差别尚未完全消灭以前，这个最终的目的不能骤然达到。因此现时的新文学运动都不免带着强烈的民族色彩……对全世界的人类要求公道的同情。"[1]现在应当"激发国民的精神，使他们从事于民族独立与民族革命的运动"。

鲁迅与之方向相同，但更强调激发国民之"认识社会"与"道德"，以为成功之先决条件。鲁迅每篇小说都描绘了过度强调单方面而带来之不幸，要么是极端旧传统，要么是陈独秀所鼓吹的新文化：吾辈确应开拓一条新路，然不可似陈独秀之激进，又更应符合人类之天性。

周作人则更为支持精神上之人道主义，主张"置人类于时空"，而将一切身体、精神与道德需求考虑进去。因其以为，完整之人类，躯体与灵魂合二为一，然二者又各有需要。培养心智精神，人类变得美好；若个体趋于完善，则社会更为和谐。因为个人并非"森林中之一棵树"。与其他作家相较，周作人更似思想家与哲学家，考虑之层面更为抽象，也因此于文学之争

---

①郑振铎编《文学论争集》，第10页。

论，周作人更难妥协。然周作人于时人之影响亦甚大。

叶绍钧于其文学作品中，同样表现了社会写实主义及人道主义之特点，但其更为强调家庭伦理，似乎想说：中国能否得救，在于可否组成健康、和谐之家庭生活。

一言以蔽之，对于如何认识社会写实主义与人道主义，四位大作家有其各自之分歧，然其理念却是共通的。

周作人是思想家，学识渊博，眼界开阔，懂得不偏不倚、不加夸张地考虑事物，根据诸位作家所理解、追求之准则来提出己见。吾人可将其作品《点滴》与鲁迅之《呐喊》相较。

周树人(鲁迅)同样是思想家，但更为深入、更为深刻，也更有个人色彩。据其所见、所听、所感，鲁迅思考推理，由其灵魂之中寻求解决之道。于此，较其弟，鲁迅更难以捉摸，其提出之想法，常人难以想象。虽然更带个人色彩，尖锐辛辣，饱含感情，更显其悲痛，但这一切，反而的的确确乃鲁迅之优势，因其写作具体，入木三分。如此写作方法所招来之批评，针对其个人，亦更为尖锐猛烈。但亦因此，鲁迅对青年之影响更为深远。1930年后，鲁迅有所让步，成为左派作家。自此，其原本直截了当、充满火药味的文风，明显有所收敛，而鲁迅亦更多地选择翻译合其观点之作品：果戈理、卢那察尔斯基、普列汉诺夫等。但他并非就此全身心投身翻译，不再写作。

沈雁冰(茅盾)，思路稍窄，倾向于易行之方案，以为解决经济问题便能解决一切。茅盾心思细腻，易受触动。他同样观察周遭之一切，但不如鲁迅所看之深、之远。其敏感之内心使其考虑甚多，伴着极大之热情，茅盾试图改造全世界。然而世人之无动于衷与庸庸碌碌，很快便将其打回现实，使其成了悲观的怀疑主义者，以为命运不可抗，一切均是无力的："一切世事是空虚的，是要走到幻灭的道路的，全篇的人物都似乎被残酷的命运之神宰割着，他们虽然有各自的个性，有的努力于事业，有的追求强烈的生活的乐趣，结果，但都被命运之神引向了幻灭死之的道路。"①

最后是叶绍钧，感情丰富细腻；尽管经济困难，依然过着幸福的家庭生活。生活诸多之不如意并未搅乱其心底之情感。叶绍钧描写其家庭生活、孩童嬉戏，同时又怜悯世人不识享受来之不易的幸福与和平，同情那些因经济与社会重担而不堪重负的可怜人。

这一人道主义倾向不出意料地引来了反对之声。新文化运动之极端主义者与浪漫的理想主义者一道，幻想着毕其功于一役，一夜之间便能推翻所有旧传统，以为文学之人道主义乃懦夫之行径，是向封建礼教妥协。有人甚至宣称，鲁迅丝毫不了解新思想，尚在重复1900年之精神，或最多只是1911年辛亥革命之精神罢了，意为讥讽鲁迅，其仅仅满足于片面的战斗，最后妥协，以致一事无成。"他的创作绝不是五四运动以后的"②实际上，鲁迅早已先行一步，将其敌人甩在身后，其所批评的，正是新文化运动之弊端。

但无论怎么说，文学应当"服务于人，服务于生活"之原则，的确有其危险之处，尤其容易将业已推翻之"道学的文章之缺点"重新带入文学。周作人曾有所隐忧："这派的流弊，是容易讲到功利里边去，以文艺为伦理的工具，变成一种文坛上的说教。"③周作人之担忧，恰恰为当年人们批判桐城派之首要弊端。当时桐城派最后的追随者，负隅顽抗，卫道封建礼教，

①伏志英编《茅盾评传》，第27页。
②钱杏邨：《现代中国文学作家》（第1卷），泰东图书局，1928，第39页。
③郑振铎编《文学论争集》，第141页。

而新文学正是向其开战，引发新文学运动。另外，自 1922 年来，创造社愈发明确地反对传统礼教之观点，宣称："艺术家不必顾及人世的种种问题……能够做出最美丽精巧的美术品，他的任务便已尽了，于别人有什么用处，他可以不问了。"①此处便是创造社过分了。周作人于此则有合理之折中，以其之见，文学"使读者能得艺术的享乐与人生的解释"②。这般说法，契合人类天性，亦可于人类内心寻得印迹。于周作人，如此方为"为人的艺术"，或"人道主义文学"。

然吾人亦应明白，诸位文学研究会之大作家几乎均于上世纪末受了自由个人主义之教育，因而对于文学研究会在整个人类生活中应扮演什么样的角色，常常不能正确理解；整个研究会不过是许多个人的总和而已。自 1927 年来，左翼的共产主义者谴责他们"不追求文学的社会根据"③。但共产主义者又过犹不及了。成仿吾、郭沫若及其友人声称，历史唯物主义与决定论必将领导阶级斗争，工人阶级会获得最终胜利。只要解决经济问题，那么人类之其他问题都能解决。这一僵化之共产思想总体上是错的，但其人对于文学研究会之指责却并非毫无根据，无迹可寻。"他们自以为了解人民群众，"冯乃超说，"可实际上他们只看到了身上的压迫，而非为了世界发展而肩负的历史责任。他们作品中讲了许多社会问题，可解决之道呢？总是模糊含混的空想罢了。他们瞧见了真相，但因为没有考虑历史唯物主义，他们只是去描绘、去渴望一个幸福、抽象和虚幻的人类未来。"④若说这一论调的上半部分可算不错，下半部分则必

①郑振铎编《文学论争集》，第 141 页。
②同上。
③李何林编《中国文艺论战》，第 273 页。
④同上。

然有误，因其理论基础本身便是不对。而作家如周作人、鲁迅与叶绍钧等，明白自由主义之不足与弊端，亦清楚其于社会之不公道。然其信念，比之共产主义者之先验论，却更为深厚，更为人道。鲁迅及其同道中人寻求解决之道，然此道必应符合人类愿景，回应精神与理性之需求。鲁迅不止一次地写道："我们须为青年开辟新路。"语气诚恳，引人感动。其作品亦足够说明，此路并非五四运动，亦非"五卅"运动所开辟之路。鲁迅的解决之法，更多乃基于社会认识和人道主义，与不少基督教之核心教义相似。鲁迅曾有笔下人物，反感社会之空虚、残酷，鲁迅借其口道："我愿意有所谓灵魂，看有所谓地狱。"人们将"monde"一词译为"社会"。于鲁迅与其他社会写实主义之作家，此词几乎总是"社会阴暗面"之意。而于天主教词汇中，表达此意之词为"世俗"，所谓人类三敌：魔鬼、世俗与肉欲。其他作家如周作人、胡适、冰心、苏梅等，亦有相同之思考，只是所处阶段不同。然而大部分人均无思考应该如何去做，因其始终不能摆脱受教育时理性主义之束缚。可以确定的是，社会现实主义将诸人引向了不同的解决之道。冰心与苏梅等人一种，胡适与林语堂等人一种，郑振铎与周作人等人一种，而鲁迅又是一种。旧时代已逝，亟须新时代。人各有志，作家们在两条极端之路间前行，一条是创造社转向的共产主义，另一条则是基督教对于人世之问题，尤其是社会之问题的解决之法。

社会写实主义感到了改革而非革命之必要，后者使几位大作家害怕。其中几位缺乏远见，不知真理之路于何方，因而倾向了左翼之解决方法。然于共产主义之法，其人依然知其不足。鲁迅于1928至1929年之文学论争中，已给出了其确定之见解。

接下来将对上述诸位作家进行更为细致之研究。

周作人，浙江绍兴人氏，于江南水师学堂上学。1906年，公派赴日留学，先学政治学，后于东京立教大学学习文学。周作人1911年返回国内，如其兄鲁迅，任浙江省教育司视学，后于浙江省第五中学校任教。1917年，与其兄一道，定居北京，任职于北京大学附属国史编纂处，后任燕京大学文学系副教授。1919年，受邀至北大讲授小说，但他将机会让于其兄。1924年，周作人离开燕京大学，至北大任日本文学教师。

1919年，在其兄之帮助下，周作人提出了文学研究会最早之依据所在。1941年，周作人任国立北京大学文学院院长，同时亦为汪精卫政权教育总督督办。1945年8月，日本战败后，周作人辞职，并于12月以汉奸罪名被捕入狱。

其值得注意之主要作品有：《自己的园地》《谈虎集》《雨天的书》《谈龙集》《泽泻集》《永日集》《过去的生命》《陀螺》《雨条血痕》《黄蔷薇》《域外小说集》《炭画》《玛加尔的梦》《点滴》《狂言十番》《现代小说译丛》《如梦记》等。

周作人乃中国新文学先驱之一。在其作品《点滴》之序言中，周作人解释道："我从前的翻译受林琴南（林纾）之影响颇深。1906年，我在东京上 Tchang Ping-lin 先生的课，从此便改变了风格。我出版于1909年的《域外小说集》，即托此福。1917年，我始为《新青年》撰稿，我便只用白话写作了。那时我翻译的第一部作品为《希腊牧羊人之歌》。"

周作人从踏入文坛伊始，便捍卫其哲学、宗教与道德信念。那么其信念又从何而来？于北京辅仁大学之一系列讲座中，周作人给出了一部分解释："我的意见并非依据西洋某人的论文，或是遵照东洋某人的书本演绎应用来的。那么是周公、孔圣人梦中传授的吗？也未必然。公安派的文学历史观念确是我所佩服的，不过我的杜撰意见在未读三袁文集的时候已经有了，而且根本上也不尽同。因为我所说的是文学上的主义和态度，他们所说的多是文体的问题。这样说来似乎事情非常神秘，仿佛在我的独园瓜菜内竟出了什么嘉禾瑞草，有了了不得的样子；我想这当然是不会有的。假如要追寻下去，这到底是哪里的来源？那么我只得实说出来，这是从说书来的。他们说《三国》什么时候，必定首先唱道：且说天下大势，合久必分，分久必合。我觉得这是一句很精的格言。我从这上边建设起我的议论来。说没有根基也是没有根基，若说是有，那也很有根基的了。"①周作人于此首先讲述了其文学观点。仔细研究后可发现，其观点与信念之形成明显地受到其他因素之影响，而俄国之人道主义于其作用颇大。因而其翻译托尔斯泰、丹臣科、罗特切科、索罗古布、库普林及安德烈夫等俄国作家之众多作品，并非意外。

　　无论于文学或道德，周作人天生有着人道主义。后者又推其走向社会写实主义，也使其对社会主义之理想抱有几分同情。毕竟这完全符合人类之天性——建立在劳动、共处与互助之上的新生活。因此，有段时间，周作人参与了日本于1918年试行的所谓"新村运动"。该运动宣称，人类乃一整体，个人为其组成之部分，因而人人均应为公共利益出力；人类于自然生活中有两个目标：维持生存，追求舒适。然于此过程中，不可损害他人生存于舒适之权益；而应互帮互助，共同达到目标：因为"彼此都是人类，却又各是人类的一个，所以须营一种利己而又利他、利他即是利己的生活"。②而现实之中，人人确实将自己

---

①周作人：《中国新文学的源流》，第3—4页。
②参见《中国新文学大系·建设理论》，第195页。

之幸福建立于他人之痛苦之上。如此做法乃是反自然，须修正为善。

周作人继承了这些基本观点。后者乍一看挺像托尔斯泰之理念，可于周作人看来，托翁之立场过于狭隘，过于无视人之心灵需要，因为毕竟"人有灵肉两种的生活"。

关于最后一点，周作人继续说道，古人早已有极端两派：一派认为"人生有灵肉二元，永相冲突"，以为欲望乃动物性之残留，而灵魂方为精神进化之顶峰。欲达目的，须"灭了体质以救灵魂"。因而其人如此强调节欲、苦行之必需，克制自身之生性。周作人所举之例，似古代之柏拉图主义或奥古斯丁主义，与清教徒之做法更是相似。周作人于燕京大学教书时，确受基督教影响颇多。而除了古人之清规戒律外，周作人谈到了另一极端，即追求物质享受的享乐主义者，所谓"不顾灵魂的快乐派，死便埋我"。这便是周作人眼中的两种极端。二者都不足以解释人类于现实生活中所表现出的人生价值。之后，有更为现代之思想家，以为灵魂与肉体虽共为人类所有，本是一物之两面，非为"对抗的二元"。"我们承认人是一种生物。他的生活现象，与别的动物并无不同，所以我们相信人的一切生活本能，都是美的善的，应得完全满足。凡有违反人性不自然的习惯制度，都应该排斥改正。但我们又承认人是一种从动物进化的生物。他的内面生活，比别的动物更为复杂高深，而且逐渐向上，有能够改造生活的力量。所以我们相信人类以动物的生活为生存的基础，而其内面生活，却渐与动物相远，终能达到高上和平的境地。"[1]因此，应当抛弃实证论的唯理主义。

---

[1]周作人：《人的文学》，载赵家璧主编《中国新文学大系·建设理论集》，第194页。

周作人所总结之观点可知，个人之文化乃人类社会文化之必要基础。然其并未完全摆脱实证主义的进化论，于周作人，人仍是"从动物进化的"。

于人类文化之概念，周作人将宗教视为重要因素。然其并未明确应当追随何种宗教。怀此信念，周作人研究了《效仿基督》，并于1907年日本留学时，使其动了将《新约》翻译为中文白话之念头。为此目标，周作人甚至自学希腊文，以其能与原文对照。然因经济之困难及新文化运动之各种活动，其计划最终并未实现。

1922年反基督教运动时，周作人公开就宗教——以基督教为尤——发表其意见，反对共产主义或自由主义之无神论及唯美论。但谈及天主教，周作人多次表现出对于天主教教义——甚至基督教义——之无知。只能说，此乃缺乏完好有效之资料来源所致。

周作人一直考虑应当如何将灵与肉更好结合，这使其避免走向陈独秀等人之夸张激进，然却因此受猛烈抨击。而其与日本女人之婚姻则更是招来肆言詈辱。

听多了陈独秀之口号高呼、胡适之指令恼人，能听周作人谈论其内在深厚之理念，着实宽慰人心。更何况其"人道主义文学"确实值得细读、深省。周作人有言："我以为艺术当然是人生的，因为他本是我们感情生活的表现，叫他怎能与人生分离呢？"[1]又道："我们现在应该提倡的新文学，简单地说一句，是'人的文学'。应该排斥的，便是反对的非人的文学。新旧这名称，本来很不妥当，其实'太阳底下何尝有新的东西？'思想道理，只有是非，并无新旧。要说是新，也单是新发见的

---

①李素伯：《小品文研究》，第94页。

新，不是新发明的新。'新大陆'是在 15 世纪中，被哥伦布发见，但这地面是古来早已存在。电是在 18 世纪中，被富兰克林发见，但这物事也是古来早已存在。无非以前的人，不能知道，遇见哥伦布与富兰克林才把他看出罢了。真理的发见，也是如此。真理永远存在，并无时间的限制，只因我们自己愚昧，闻道太迟，离发见的时候尚近，所以称他新。"①

然而周作人似乎没能预见如此逻辑可能造成之种种后果，有时甚至互相矛盾。如其于《谈虎集》中所说："我不信世上有一部经典，可以千百年来当人类的教训的。只有记载生物的生活现象的生物学才可供我们参考，定人类行为的标准。"正如前面所说，周作人并没能完全摆脱唯理主义进化论之影响。然亦因此，其哲学与道德观念中似乎存在某种奇怪的悖论。周作人又道："在吾人之文学观中，既不夸张肉之作用，亦不夸张灵之作用。两者本是一物之两面。既强调人本身为完整之个体，又强调个体间之相互性。同时我们对整个人类怀抱着大爱……既有人道主义之文学，便应有人道主义之精神，同时还包含着其他要素：两性平等，婚姻自由，婚姻稳定与一夫一妻。"

周作人又考虑集体生活中之个人。其他作者大多仅能将个体作为集体、国家、种族或社会之一分子来看待。周作人则不然，并未有此转变。其兄鲁迅却于 1930 年，因右翼之抨击与左翼之威胁，违心地有所让步。

最后，应如何实践人道主义文学？周作人建议有二。正面的方法，直面描写应当倡导之生活，及如何方能过上这样的生活。据此方法，周作人写了《点滴》。还有侧面的方法，或说反面烘托，描写生存之不易，揭露有悖于人道主义之种种丑恶。

---

①周作人：《人的文学》。

这一方法或更为有效，使社会了解其现如今的样子，并使之明白，社会应该是怎样的。此即鲁迅于《呐喊》与《彷徨》二书中所用的社会写实主义，于新时代中国之觉醒，帮助最甚。

朱希祖，1879年生，浙江海盐人氏，先于日本早稻田大学师范学院学习，后转至历史与地理学院。回国后，1921年任浙江省教育厅厅长。1923年，于国立北京大学历史学院任教，并担任院长。1927年，任清华大学历史系教授。后至南京，任国立中央大学历史学院院长。其历史学研究尤为突出，为人所知。

耿济之，因善于翻译俄国小说为人所知，包括：《柴霍甫短篇小说集》《犯罪》《遗产》《托尔斯泰短篇小说集》《黑暗之势力》《复活》《雷雨》《父与子》《人的一生》等。

瞿世英，亦以瞿菊农为世人所知，江苏常州人氏。先于燕京大学学习，后于哈佛大学取得哲学博士学位。回国后，任上海国立自治学院院长，后于北京女子师范大学任教。随后先后任教于私立中国大学、平民大学、清华大学与燕京大学。其于哲学与教育学出版著作良多。

郑振铎，生于1898年，祖籍福建长乐。于北京铁路管理学校完成学业后，赴伦敦进修，并随后游学美国与欧洲。回国后，先后任教于国立暨南大学、中国公学与复旦大学，同时为上海《小说月报》总编辑。1930年，郑振铎定居北京，任清华大学中国文学教授，后任燕京大学文学院院长。1935年回到上海，任暨南大学文学院院长。1941年赴香港，于香港大学教授中国文学。

1932年始，郑振铎被指为自由主义作家，是反对派——虽然并非指名道姓，亦非全然肯定——因此受到来自当权派之诸多限制。1935年，郑振铎组织起文艺协会，并于生活书店指导了多本杂志之出版。然其更因关于中外文化之历史研究而为世人所知，以其关于泰戈尔作品之著作尤甚。

于其作品中，《家庭故事》为个中翘楚。此书讲述一传统封建家庭受新文化之冲击，家中保守长者尽力抵制，搞得乱七八糟。按郑振铎之见，传统封建家庭体系本身并无对错，其价值取决于当中施行此体系之个人的精神与理智。无论如何，应当育人为先。

沈雁冰，原名沈德鸿，更以笔名"茅盾"为世人所知，生于1896年，浙江桐乡人氏。1913年考入国立北京大学，但因家庭经济困难，不得不于1916年辍学。1920年，文学研究会于北京正式将商务印书馆之《小说月报》纳为出版刊物，茅盾得以于印刷厂谋得职位，并成为杂志临时主编，后将主编之位让与郑振铎。

1926年，国民党左翼于武汉成立自治政府，茅盾受聘于国民党中央政治宣传部，并为《民国日报》编辑。然国民党政府之所作所为令人心寒，茅盾于1927年国民党党政分离时返回上海。期间写下《蚀》三部曲。1928年至日本，写下文章《从牯岭到东京》，阐释其《蚀》三部曲中之政治与社会思想。1930年4月，茅盾加入中国左翼作家联盟，致力于创作工人阶级与新写实主义之艺术。在此期间，茅盾隐居上海。1936年3月，茅盾于武汉创立文艺联盟，试图将左翼作家与自由主义者团结于"国防文学"之旗帜之下。1941年，茅盾赴香港，致力于反重庆政府。1939年，任教新疆学院院长、新疆文化协会分会主席。

其文学研究著作主要有：《文学和人生的关系》《未来派文学之现势》《自然主义与中国现代小说》《骑士文学ABC》等。

其他主要作品包括：《蚀》三部曲，由开明书店出版。三部曲包括写于1927年之《幻灭》、1928年之《动摇》与1928年之《追求》。另外有《野蔷薇》《虹》《宿莽》《三人行》《路》《子夜》《话匣子》《泡沫》《多角关系》《茅盾短篇小说集》等。

在其翻译作品中，应注意：《印象·感想·回忆》《桃园》《文凭》《我的回忆》《雪人》《战争》《一个人的死》等。

茅盾作品之特点，在于将其所处之时代描写得极为准确。表面是爱情故事，茅盾亦描绘当时社会之发展，以及革命动荡之年代所固有之现象：希望之幻灭、未来之怀疑，满是心中意中之种种悲剧。茅盾尤擅分析青年人之爱情，却过于夸张其感性一面了。其钟爱以年轻女子为主人公，且往往赋予其悲观之心性。其描写之青年均反映出如今年轻人内心情感之波澜：不可救药之浪漫主义。茅盾欲分析人们心理，然并非总能成功。

茅盾之文学倾向，其自称为"客观的旧写实主义"。吾人可将其视作"自然主义的写实主义"。因此其描述中许多地方均使人不快。有时读者能强烈地感受到其作品缺乏心理与精神状态。①

于茅盾，文学有其社会功能。艺术与生活不可分割。文学应当肩负起描写其时代、刻画当代人类弊端与悲苦之任务。茅盾以为，这"最重要的任务之一"是需要去做的。②

茅盾有言："真正的文学，须反映其时代。吾辈所处时代如何？环顾四周，社稷有累卵之危，生灵有倒悬之急……保守者愤怒，革新者热情，二者思想急剧碰撞；如此确须描写下来。此时尚无作品描写吾人所处之时代。因而，窃以为，新文学须作当今社会之画板，将其描绘、记录。"③

然也须理解周作人于其文章中关于人道主义文学之思想。

---

①参见伏志英编《茅盾评传》，现代书局，1932，第 8 页。

②参见布利叶：《茅盾：时代的刻画者》，《震旦大学学报》(卷 3)1943，第249 页。

③布利叶：《茅盾：时代的刻画者》。

周作人之写作思想并非自然主义，单纯为描写而描写，而应当于描写之中，加入具有指导意义之想法，如鲁迅之《呐喊》与《彷徨》那般。应当有所倾向，准备着创造新生活。

在其写作生涯之初，茅盾倾向于自然主义，并公开承认。然此亦使不少评论于其有所误解。其实，即使受自然主义影响颇深，茅盾亦绝非自然主义作家。于其文章《从牯岭到东京》中，茅盾亦有言："我爱左拉，我亦爱托尔斯泰。我曾经热心地——虽然无效地而且很受误会和反对，鼓吹过左拉的自然主义，可是到我自己来试作小说的时候，我却更近于托尔斯泰了。自然我不至于狂妄到自拟于托尔斯泰；并且我的生活、我的思想和这位俄国大作家也并没几分相像；我的意思只是：虽然人家认定我是自然主义的信徒，——现在我许久不谈自然主义了，也还有那样的话，——然而实在我未尝依了自然主义的规律开始我的创作生涯；相反的，我是真实地去生活，经验了动乱中国的最复杂的人生的一幕，终于感得了幻灭的悲哀、人生的矛盾，在消沉的心情下，孤寂的生活中，而尚受生活执着的支配，想要以我的生命力的余烬从别方面在这迷乱灰色的人生内发一星微光，于是我就开始创作了。我不是为的要做小说，然后去经验人生。在过去的六七年中，人家看我自然是一个研究文学的人，而且是自然主义的信徒。但我真诚地自白：我对于文学并不是那样的忠心不贰。"虽然茅盾说法已如此明确，人们依然称呼茅盾为自然主义作家。可无论是此词，抑或其意，均或多或少过时了。更应称茅盾为写实主义作家，如此更为准确。正如茅盾另外解释道："应当与现实面对面，从中发现未来之所必须。揭露现实之丑恶，方可发现人类之壮丽未来，鼓舞人们之信心。因此应当观察现实、剖析现实、研究现实。"

因此，不应将茅盾所谓"我自称为左拉的门徒"之语理解得过于悲观，亦不应如某些评论那般认为茅盾乃文学之末流，从而不加考虑地称其为"左拉主义者"。此处之自然主义，并非单纯盲目地描写个人天性与激情，而实为一种写实主义，或如人们所说，一种尚未成熟的所谓"新写实主义"。

直至今日，茅盾于其作品中一直坚守写实主义之原则，描绘社会之光明美好一面，亦揭露当代人类之丑恶流弊。茅盾并非如共产主义者所创造之乌托邦那般，为了安抚当今众人，而使读者看到一个虚幻绚丽的美好未来。然也许其不知，茅盾亦播撒了不满的种子，甚至可能引起暴动。读罢茅盾作品，读者觉得当今社会之固有状况必须有所改变；而这一想法，正是茅盾唤醒的。

然茅盾与创造社之诸位共产主义作家还是区别颇大的。同鲁迅、叶绍钧等人类似，茅盾将当今中国社会之混乱与没落以悲剧的笔触描绘而出。以此方式下笔，不易刺激阶级斗争，激化矛盾。

另外，1925 年 5 月 30 日的"五卅惨案"给茅盾留下了极为深刻的印象，并使他相信社会革命之必要性与紧迫性。但是当共产党希望革命依靠和造福无产阶级之际，茅盾却恰恰相反，他认为在中国真正被压迫的是在他看来实际上占据六成人口的小资产阶级。这一观点使得创作社因此归罪于他。"他们说，他的革命是为了小资产阶级，因此他就是一个反革命分子，应该被批斗。"而事实上茅盾的作品里细致描绘的都是诸如小商贩、佃户和家道中落的文人们的苦难。

茅盾强烈抨击了成仿吾和郭沫若过于简单、不切实际的唯物辩证法。他相信人们的自由活动能够调整"历史的车轮"以适应新的需要，并能让现在的世界井然有序。他认为，在中国，这一任务应由小资产阶级来完成，而不是通过阶级决定论的斗争抑或是无产阶级凌驾于社会其他阶级的霸权。

在茅盾看来，标志着新文化运动开始的 1919 年五四运动过于个人主义和自由散漫，很有可能会导致道德的沦丧和社会的毁坏。1925 年"五卅惨案"则给出了一个更为有效的集团新方向。左派作家们的叫骂毫无用途。当务之急是努力唤起新中国的组织力和判断力。①

布里埃尔神父在前文所提到的文章中对茅盾的作品做出了公正的评价："在他内心深处，有很大一部分被他自然主义的乐观主义所占据。有时他的道德画像粗俗露骨，而他就将其带到了作品中。尽管他这么做是基于原则而非出于堕落，他所描写的一些场景还是粗俗不堪。"我们从中国现代文学的总体演变中更能了解茅盾作品的影响。试想，本世纪之初自然主义文学初次登台，他被一票丧失理智的崇拜所影响，加之托尔斯泰悲悯而尖酸的人道主义的影响，于是他努力将两者结合成了一个矛盾共同体"唯物人道主义"。1930 年后，他声称要成为新现实主义者，但因为他对人生的描绘还是太不明确、太不完全，又有着极高的物质和精神要求，最终还是未能实现。事实上，我们在他身上能感受到生活令人厌恶和衰败不堪的一面，一如理性主义和自由主义所描绘的那样；但同时又有一种对完满生活的无意识的憧憬，这种憧憬与人类天性一致。比如，她近在眼前，他却无法触及。

经此一窥，我们可以稍做总结。奇怪的是，我们能看到茅盾和许多新中国的大文豪一样，很难摆脱他们在年轻时所浸淫的理性主义的偏见，并且正是这些偏见阻碍了他们去发现、提出和实现生活与社会必要的变革。

---

①参见李何林编《中国文艺论战》，东亚书局，1932，第 407 页。

最近几年茅盾又创作了几部作品，其中小说《人》描绘了抗日战争时期中国的民族、政治和社会的情况。

孙伏园，与许多其他作家一样同是绍兴人，翻译了一些托尔斯泰的作品。

叶绍钧，1894年生于江苏苏州一个贫困的家庭，只能接受普通的教育。后当了小学老师维持生计，并利用闲暇时间继续自学以弥补所受教育的不足。1921年，他成为文学研究会的一员，并离开教育界在上海商务印书馆谋得一职。同时他还兼任《妇女杂志》和《中学生》两本期刊的编辑，前者由商务印书馆出版，后者由开明书店出版。

1941年，他成为重庆大学教授。他的代表作有：《火灾》《稻草人》《线下》《作文法》《文心》《未厌集》《本厌居习作》《城中》《倪焕之》《中国文艺论战》《隔膜》《剑鞘》(与俞平伯合作)等等。

叶绍钧是一位写实主义的小说家。他描写生活的方式与周作人、茅盾等人类似，但是口吻更为乐观，笔触也更为细腻、平和，富有艺术性。论文笔，沈从文对叶绍钧的评价最为精彩。

在第一期创作上，以最诚实的态度，有所写作，且十年来犹能维持那种沉默努力的精神始终不变的，这是叶绍钧。写他所见到的一面，写他所感到的一面，永远以一个中等阶层知识分子的身份与气度，创作他的故事。在文字方面，明白动人，在组织方面，则毫不夸张。虽处处不忘却自己，却仍然使自己缩小到一角上去，一面是以平静的风格，写出所能写到的人物事情。叶绍钧的创作，在当时是较之其他若干作家作品为完整的。《隔膜》代表作者最初的倾向，在作品中充满淡淡的哀戚。作者虽不缺少那种为人生而来的忧郁寂寞，却能以做父亲的态度，带着童心，写成了一部短篇童话。这童话名为《稻草人》。读《稻草人》，则可明白作者是在寂寞中怎样做梦，也可以说这是当时一个健康的心，以及所有的健康的人生态度。求美，求完全，这美与完全，却在一种天真的想象里建筑那希望，离去情欲，离去自私是那么远，那么远！①

"在1922年后，创造社浪漫文学势力暴长，'郁达夫式的悲哀'成为一种时髦的感觉，叶绍钧的那种梦，便成一个嘲笑的意义而存在，被年青人所忘却了。"但是他的作品仍因其温和的语调和优美的文笔而被继续传阅。

他的作品缺少一种炫目的惊人的光芒，却在每一篇作品上，赋予一种温暖的爱，以及一个完全无疵的故事胚胎，故给读者的影响，将不是趣味，也不是感动，而是认识。认识一个创作应当在何种意义下成立。叶绍钧的作品，在过去，以至于现在，还是比其他人某些作品为好些。②

他的新作品之一《微波》以悲痛的笔调向我们讲述了新文学运动的暴行之一：自由却不幸的婚姻。作者生动地展现了这一现实的悲剧，但却没有陈独秀式的反抗精神，没有郁达夫式的狎昵艳情，也没有张资平或张恨水式的三角恋情。他的结论坦率直白而令人赞叹：让我们为了孩子们的福祉承担起肩上的重担与责任。叶绍钧作品的另一特点在于他对妇女的尊重，总是

---

①沈从文：《论中国创作小说》。
②同上。

把母亲放在家庭的第一位。他不像周作人那样将个人视作文学中人文主义的基础，也不像茅盾将社会视作其基础，甚至不将男人视为家庭的中心。由此，我们必须承认，叶绍钧要比其他作家更为人道。

著名批评家赵景深精炼地概括了叶绍钧文学生涯的几个阶段："叶绍钧最初作《隔膜》，多写小学生和儿童的生活；即作《稻草人》，则以美丽的笔习幻想的故事，渗入以平民思想；复作《火灾》，则更扩大其写作范围至于社会；最近的《线下》与《城中》，复由日本日桦派的风味改而为柴霍甫式的幽默。"

许地山，更为人知的名字是落华生。1893 年生于台湾。他先入燕京大学学习，后赴美求学获得文学学士学位，还在牛津大学度过了一段时间。回到中国后，他成为教育部国语统一筹备委员会的一员，并在燕京大学任教。1928 年在清华大学教授社会学和人种学，同时在北京大学教授哲学。几年后离开北京担任香港大学文学系主任。另外他对中国道教的研究也颇负盛名。

他的文学作品中较为出名的有：《缀网劳蛛》《空山灵雨》《无法投递之邮件》《解放者》等。他还著有其他一些小说和作品，主要描绘异国的风土人情。沈从文曾评价他："他的风格与他的情感尤其是爱情一样，精致、讲究而纯粹。"[①]沈还在另一篇文章中这样评价他："在文学研究会一系作者中，还有一个比较重要的作者，是以落华生用作笔名的许地山。在'技术组织的完全'与'所写及的风光情调的特殊'两点上，落华生的《缀网劳蛛》，是值得注意的。使创作的基本人物，在现实的情境里存在，行为与生活，叙述真实动人，这由鲁迅或郁达夫作品所显

---

① 《落华生论》，载《读书》月刊创刊号。

示出的长处，不是落华生长处。落华生的创作，同'人生'实境远离，却与'诗'非常接近。以幻想贯穿作品于异国风物的调子中，爱情与宗教，颜色与声音，皆以与当时作家所不同的风度，融会到作品里。一种平静的、从容的、明媚的、聪颖的笔致……"[1]

胡愈之，浙江上虞人，生于1896年。主修国际政治，年轻时就为《东方杂志》撰稿。1930年他为宣传世界语游历欧美，回国后发表了有关莫斯科的感想，从此加入左派作家之列。

他的作品有：《诗人的宗教》《星火》《图腾主义》《国际法庭》《莫斯科印象记》等，作者为了对苏联政体做出积极的评价而在莫斯科停留了八天。但是受《莫斯科印象》发表之时"政治肃清"的影响，他还是谨慎地保留了一些意见。[2]

谢六逸，贵州贵阳人，生于1898年。就读于日本早稻田大学。回国后他先是担任复旦大学文学系和新闻系教授，随后又任教于中国公学。1940年，任暨南大学教授。

他的代表作有：《日本文学史》《俄德西冒险记》《西洋小说发达史》《儿童文学》《小说创作选》《模范小说选》《海外传说集》《母亲》《清明节》《茶话集》《接吻》《红叶》《鹦鹉》《希腊神话》《范某的犯罪》《文学与性爱》等等。

蒋百里，又名蒋方震，浙江海宁人，生于1882年。先于杭州求是学院读书，后赴日本陆军士官学校留学，又赴德入军校学习，并在德国服兵役数年。1911年前他回到中国，先当了穆克丹都督的军事参谋。辛亥革命后任保定陆军军官学校校长，后任袁世凯总统府一等参议。1916年，他跟随梁启超进入广东

---

① 沈从文：《论中国创作小说》。
② 参见《读书》月刊（第1卷）1932年1月，第4期，第6—11页。

肇庆军务院，两人一起阻止袁世凯的称帝野心。他还与蔡锷同一阵营与袁对抗，不久之后成为吴佩孚的总参谋长。

1921年，他被选举为北京文学研究会主席。1930年南京政府将其抓捕入狱。作为学者和教授他享有盛名，但他文学作家的身份却鲜有人知。他的《欧洲文艺复兴史》由商务印书馆出版。

傅东华，浙江金华人，生于1893年。他在上海南洋公学获得了工程师文凭，随即在新文学运动中占据了重要地位。接着又先后在几所学校执教，并成为文学研究会的积极分子。1935年，在中国文艺家协会中也占有了一席之地。他在作品翻译、文学批评和中国历史研究领域都闻名于世。

他比较著名的译著有：《社会的文学批评论》《近世文学批评》《诗之研究》《诗学》《比较的文学史》《美学的原理》《伊利亚特》《奥德赛》《人生鉴》《一个士兵的回家》《静》《活尸》《生火》《返老还童》《参情梦及其他》《文学概论》《我们的世界》《失乐园》《青鸟》等等。

李青崖，湖南湘阳人，北京孔德学校创始人，先后任暨南大学、上海复旦大学教授，并因翻译莫泊桑作品而著名。1941年，在新华艺术专科学校教授逻辑学。

他的译著有：《羊脂球集》《莫泊桑短篇小说集》。他还翻译了《珍珠小姐集》《遗产集》《霍多父子集》《鹧鸪集》《苡威狄集》《哼哼小姐集》及莫泊桑其他的作品。《俘虏》汇编了莫泊桑、都德和左拉的作品新译，由开明书店出版。此外，他还翻译了福楼拜、法朗士等人的作品。

郭绍虞，江苏苏州人，生于1893年。北京大学毕业后先后在福州协和大学、河南中州大学任教。1941年任燕京大学中文系主任。1920年起他在《新潮》《小说月报》和《文学周报》上开设专栏，推广社会现实主义。他对中国文学的研究颇深。此外，他最著名的译著有奥地利作家施尼茨勒的《阿纳托尔》，1922年由商务印书馆出版。

王以仁，浙江台州人，流浪作家。1924年秋至1925年夏，他以书信形式创作了小说《孤雁》，1926年商务印书馆出版。书中主人公正是作者自身的完美写照：一位才华横溢的青年写信给他的朋友，讲述了自己在失业的情况下如何被生活击得粉碎，如何在上海这座大都市漂泊无依，最终坠入绝望的深渊。他深陷各种道德恶习，最终死于精神错乱。

事实上，王以仁本人在1926年就失去了踪迹。人们试图寻找他却都无功而返，直到现在我们仍不知道他处于怎样的情况。他的好友许杰随后将他的几部作品整理发表。

王以仁是一位感情细腻而悲情的作家。他站在个人的立场尖刻地讽刺社会，单纯沉浸在自己的失败中无法自拔。

梁宗岱，广东新会人，生于1903年。中学就读于广州培正中学，随后进入岭南大学。一年后他前往欧洲，先后在日内瓦、巴黎和柏林的大学学习了七年文学和哲学，在文学界享有盛名，并加入了文学研究会。

回到中国后，他在北京大学法文系任教，后又在清华大学教授外国文学。之后他还赴日本游历，是著名的教授和文学批评家。

他的作品有：《诗与真》《晚祷》《水仙辞》等等。

孙俍工，湖南邵阳人，生于1894年。1920年毕业于北京高等师范。随后赴东京上智大学继续深造，专攻德国文学。回国后他先后在多所大学教授文学。

他的代表作有：《海底渴慕者》《生命的伤痕》《续一个青年的梦》《世界的污点》《血弹》；此外还有多部文学专著和日文译著。

他所著《海底渴慕者》中的三个中心思想都带有强烈的作者

自身的色彩：家庭的束缚，男女情爱的虚伪引诱，以及社会的恶浊。

白采，又名白吐凤，原名童汉章，江西高安人。曾任上海立达学园教授。1926 年 8 月坐船回上海途中患病，三天后在海上溘然长逝。

她从 1923 年开始在《小说月报》《文学周报》和《创造周报》上发表文章，风格忧郁悲伤。但她首要创作的还是现代诗。她的作品有：《白采的诗》《白采的小说》。在她死后重新编辑出版的作品有《羸疾者的爱》《绝俗楼我辈语》等等。

王鲁彦，原名王衡，笔名王忘我，浙江镇海人。从 1925 年起在《小说月报》和《语丝》发表作品。作为文学研究会的一员，他是社会现实主义和国际人道主义的忠实信徒。他的作品风格介于鲁迅与叶绍钧之间。

他的作品《柚子》《黄金》《童年的悲哀》，这三部作品为他奠定了文坛的地位。紧接着他又翻译了大量文学作品：《爱的冲突》《在世界尽头》《肖像》《一个诚实的贼》《波兰小说集》《世界短篇小说集》《显克微支小说集》《苦海》《忏悔》《犹太小说集》。1932 年后，他又创作了《小小的心》《屋顶下》《雀鼠》《驴子和骡子》等。

属于文学研究会的其他作家还有以下作家。

王任叔，创作小说《监狱》《殉》《死线上》《阿贵流浪记》等。

张闻天，创作了《青春的梦》《旅途》等。

顾仲起，创作了《最后的一封信》《归来》等。

以及徐玉诺、李渺世、徐雅等。

七、创造社

　　我们已经了解了文学研究会是如何团结一致、兼容并包，支持所有新文学共同发展。在各种有关文学目的的讨论中，它从不正式站在某一阵营，但实际上社中几位有影响力的成员都支持社会现实主义和人道主义，这就使研究会内部出现了分歧。

　　1920 年初，一群在日本的青年学生希望创立一本杂志，不受任何社会或政治理论影响，纯粹文学，完全自由。这一初衷使他们没有积极参与到北京的五四运动中，不用太担心政治因素；另一方面他们身上又或多或少都带有重视抗争的标签。最终，他们在 1921 年成立了自己的组织并命名为"创造社"，同时创办了官方杂志《创造》季刊。然而，这一杂志仅仅运营了一年编辑们便四散了。

　　刚成立的创造社首先提出要体现新文学纯粹的创新精神。它以我们能接受的形式拒绝向旧文学妥协。一切都应是新颖的、原创的，换言之，就是一种全新的"创造"。尽管在创造社的社章中并没有直接地做出这些规定，但创造社成员的作品中无比清晰地反映了这一特点。所有社员都承认"艺术至上主义"，自称为"艺术派"，与试图让艺术服务于生活的人文主义学派相对。成仿吾曾在《新文学的使命》一文中明确提出，要挥舞浪漫主义大旗，只求文学的全与美。"艺术派的主张不必皆对，然而至少总一部分的真理……不是对于艺术有兴趣的人，绝不能理解……而且一种美的文学，纵或它没有什么可以教我们，而它所给我们的美的快感与慰安，这些美的快感与安慰对于我们日常生活的更新的效果，我们是不能不承认的……而且文学也不是对于我们没有一点积极的利益的。我们的时代对于我们的智与意的作用赋税太重了。我们的生活已经到了干燥的尽处。我们渴望着有美的文学来培养我们的优美的感情，使我们的生活洗刷了。文学是我们精神生活的粮食，我们由文学可以感到多少生活的欢喜！可以感到多少生活的跳跃！"但是创造社不关心灵魂，没有触及新批判主义最大的问题。它更多的是自由的、反宗教的或者更准确地说是无宗教的思想的成果。"使创作无道德的要求，为坦白、自由的"。这一派"以唤醒世人的病了的良心为使务的文学家，也只争逐自己的名利"。

在创造社的成员中，有几位小说家的思想与道德不平衡，以致无法理解社章中"艺术是为了生活"的真正含义。他们尤为反对这一条是因为这一条原则阻碍了他们"过自己的生活"。[①]他们想要一种新的创造。郭沫若在一首诗中写道，他将"重新创造自我，完成上帝在第七日时未完成的工作"(原文是：上帝，你如果真是这样把世界创出了时，至少你创造我们人类未免太粗滥了罢……你在第七天上为什么便那么早早收工，不把你最后的草桥重加一番精造呢？上帝我们是不甘于这样缺陷充满的人生，我们是要重新创造我们的自我，我们自我创造的工程便从你贪懒好闲的第七天上做起)。但是他们忽略了现实，陷入了一种理想的、不切实际的、黑格尔式的浪漫主义。这使他们中的很多人走向了尼采的悲观主义或是马克思的乌托邦。"山川草木、鸟兽虫鱼和世界万物，都是由无而有，由黑暗而光明，渐渐地被创造者创造出来的。我们不信受天惠太厚、人类众多

---

①参见阿英编《史料·索引》，第104页。

的中华民族里，就不会现出光明的路来。不过我们不要想不劳而获，我们不要把伊甸园内天帝吩咐我们的话忘了。我们要用汗水去换生命的食粮，以眼泪来和葡萄的美酒。我们要存谦虚的心，任艰难之事，我们正在拭目待后来的替民众以圣灵施洗的人，我们正预备着为他穿鞋洗足，现在我们的创造工程开始了。我们打算接受些与天帝一样的新创造者来继续我们的工作。"①显然，大作家郁达夫、郭沫若、张资平等人都受一种不完善的基督教影响，曲解了基督教的箴言，背弃了所有的教条，只保留了一条道德准则却完全不知灵活变通，也丢失了其永恒的根基。他们被一种同样不切实际的理想主义推动，陷入了郁达夫所说的"殉情主义"。他们的作品中表达了他们的基本想法："我觉得，生而为人已是绝大的不幸，生而为中国现代的人，更是不幸中的不幸。在这一个煎熬的地狱里，我们虽想默默的忍受一切外来迫害欺凌，然而有血气者有哪里能够。"②作者继续展现着他悲观的一面：我们的文学将形成人们绝望的回声，"以我们的微弱的呼声，来促进改革这不合理的目下的社会的组成"③。郁达夫公开宣扬他的感伤主义，他认为这种类似的灵魂状态是厌倦尘世之人的特性，他们因人生一事无成而空虚，只剩徒劳的遗憾和有关过去经历与情感的苦涩回忆作为他们仅有的慰藉。④不过郁达夫还认为，做人首先应该真诚，而这一点正是除张资平之外他其他人实际所做到的。

与文学研究会的作家们一样，创造社的社员也强调创作的

①阿英编《史料·索引》，第105页。
②同上书，第109页。
③同上。
④参见郁达夫：《文学上的殉情主义》，载《中国文学论集》，一流书局，1942，第21页。

重要性。但他们很少考虑现实，风格充斥着太多的不满和失望。当其他人考虑改变、革新和补全时，他们只想着彻底摧毁所有过去的东西，从头开始。这其实正是以陈独秀为首的领袖所宣传的阶级斗争精神，假借"新文学"之名扩大其影响并将大部分作家领向左派和共产主义的方向。他们的首要原则是："破坏比创造更为紧要。"

从 1924 年起，创造社中开始出现另一种声音。"为了艺术而艺术"的原则开始一点点变化，并在三四年后陷入一种准矛盾的境地。成仿吾在《艺术之社会的意义》一文中详细地描述了这一大转变："既是真艺术，必有他的社会的价值……我们自己知道我们是社会的一个分子，我们自己知道我们在热爱人类，绝不论他的善恶妍丑，我们以前是不是把人类社会忘记了，可不必说，我们以后只当更用了十二分的意识把我们的热爱表白一番。"

从此，创造社或多或少沿袭了文学研究会的老路，它甚至走得更远，意欲成为文学界共产主义的中坚力量。左派作家钱杏邨认为，这一群体的演变主要是由于 1922 至 1926 年帝国主义和军国主义的压迫。"中国的新文艺运动，因为五四的推进，得到充分的发展的机会……到了这个时候（1922—1926 年），因着军阀的继续的摧残与杀害，使青年的心理突然的有了分野。一派是不怕一切的压迫与牺牲，始终如一的向前抗斗；一派是因着外力的袭击、迫害，颓丧了他们的意志，于是灰心消极，走上幻灭的路。……代表上进一派的作家就是郭沫若，代表颓废一派的就是郁达夫。"①实际上，郁达夫在 1927 年退出了创造社，转而加入了鲁迅的阵营。

---

①钱杏邨：《现代中国文学作家·第一卷》，泰东图书局，第 56 页。

梁实秋对创造社的主张和倾向做了公正的评价。虽然他对斗争的热情有些过于高涨，但他的评价仍不失精准："古典主义者最尊贵人的头；浪漫主义者最贵重人的心。头是理性的机关，里面藏着智慧；心是情感的泉源，里面包着热血。古典主义者说：'我思想，所以我是。'浪漫主义者说：'我感觉，所以我是。'……浪漫主义者觉得无情感便无文学，并且那情感还必须要自由活动。他们还以为如其理性从大门进来，文学就要从窗口飞出去。……青年人最容易启发的情感就是性的恋爱。所以新诗里面大概终不离恋爱的题旨。……情感的质地不加理性的选择，结果是：一流于颓废主义，二假理想主义。"①

颓废主义者耽于声色肉欲。他们想要自由却沦为欲念与腐朽的奴隶，甚至不过一群行尸走肉。从他们的作品来看，他们唯一的目标似乎就是挑起自己及他人的肉欲，有时还想为自己开脱。②"他们自己也许承认是自然的，但有时实是卑下的。"③

"假理想主义者，即是在浓烈的情感紧张之下，精神错乱，一方面不得现世的事实，一方面又体会不到超物质的实在界，发为文学乃如疯人的狂语，乃如梦魇，如空中楼阁。"④

一种心理上的联系将这两个同一棵大树上的枝丫结合到了一起：多情。"其实情不在多，而在有无节制。……情感不但是做了文学原料，简直的就是文学。"在创作作品时，他们从不考虑积极的东西，只沉浸于自己情感的万千思绪；不担心文学写作的技巧，只等待灵感闪现的那一瞬间。他们的小说结构不工、情节平淡，大多只是作者感想与印象的延续，因此无法继

---

①梁实秋：《浪漫的与古典的》，第 16 页。

②参见张少峰：《鬼影·引言》。

③梁实秋：《浪漫的与古典的》，第 18 页。

④同上书，第 18 页。

续丰实其羽翼也在意料之中了。其实，他们的这一创作理念更适用于短篇和新闻，而非长篇作品。

1925 年 5 月 30 日的"五卅"之后，假理想主义的作家们做了一个不合常理的大转弯。这也是为什么我们将创造社分为前期与后期两个阶段。受俄国影响，成仿吾和郭沫若成了广东的领袖人物，他们一起创办了专于文学与社会的杂志《洪水》。接着，新成员陆续加入：潘汉年、周全平、叶灵凤、洪为法、陶晶孙等。次年，他们以纯文学为目标创办了月刊《创作》月刊。

创造社后期的文学是革命的文学。在他们看来，凡足以引起革命的情绪的文学，谓之革命文学。凡不能够引起无产阶级革命的文学都是反革命的，应该被批斗，且不配文学之名。因此他们深信厄普顿·辛克莱的格言：一切文学皆是宣传。1927年苏联托洛茨基出版了《文学与革命》。以其为榜样，成仿吾也发表了题为《从文学革命到革命文学》的文章。成仿吾在文中宣告了文学新的阶段是建立在唯物辩证法基础上的，也就是说这是历史的必然的进展。他说："资本主义已经发展到了最后的阶段（帝国主义），全人类社会的改革已经来到目前。"当我们理解了唯物辩证法的本质，它的前提地位也就无法反驳了。

文学既是社会生活的反映，就必须不断适应新的情况。工农无产阶级正是新文学的核心。因此我们应该从五四运动的文学革命中跳脱出来，转向诞生于"五卅惨案"的革命文学。所有除此之外的文学活动都已过时，理应消失。文学家必须在革命或反革命中做出选择，但选择后者便会在当代文学界失去立足之地。两者间不存在中立。1928 年，郭沫若在《桌子的跳舞》中发表了自己的观点。这篇文章实际上只是对历史辩证唯物法热情的辩护。它是一系列思想的集合，或者说就是一篇咒骂，各种思想间除了起抬头作用的序号之外毫无联系。一句最简单的口号就足以概括全文："成为共产主义的无产者吧！"文章的笔力语调起伏变化，然而基调贯穿全文，始终如一。梁实秋将其定性为一种简单纯粹的确信，无需逻辑、根基、论据、理由，简而言之就是一种"幻想的浪漫主义"。

革命文学的指导思想如下：

1. 反对小资产阶级的闲暇态度和个人主义。

2. 推行集团主义。

3. 反抗精神。

4. 技术上有倾向于新写实主义的模样。这里的新现实主义是共产主义的现实主义。在他们看来，无产阶级超越其他一切社会阶级、取得最终的胜利将会是未来新的现实。[①]

5. 辩证法的方法认为，一切文学都应该从历史唯物主义中获取灵感。

这些主张引起了一批具有文学天赋和理智尚存的人们的强烈反对。1927年文学之争爆发并一直延续到1930年，其间伴随着种种尖锐的恶意，并时常退化到毫无根据的人身攻击。

创造社的缺点显而易见，对他们来说文学应该是用标语和口号自我展示的政治宣传。这种文学充斥着过多的专业术语，混杂不一、晦涩难懂，皆出自无产阶级之手，成为共产主义思想并不专业的入门介绍。

然而，成仿吾和郭沫若激进的转变并不能掩盖他们过去思想与作品的痕迹。这些过去的残余经常使他们的狂乱呼唤变得低沉而虚假。他们与人民的共鸣只有不满和反对的情绪。值得一提的是，成仿吾选择了在日本修善寺发表其革命文学的宣言，而那里正是许多大资本家、外交官、大臣和其他政府官员每年

---

① 参见茅盾：《从牯岭到东京》，载《中国文艺论战》，第378页。

度假的地方！若他真是一位令人信服的无产阶级革命者，那么他是万万没有权利居住在那样一个地方的。

1930年左联成立之时，创造社也销声匿迹。总结创造社的经历，我们可以借用梁实秋对文字解放运动中肯的评价。通过积极地反对"效仿古人"，胡适和他的信徒们有意识无意识地陷入了对以艾米·劳威尔为代表的美国文学更为逐字逐句、刻板严格的模仿中。

而创造社与此相似，只是他们这次模仿的原型不再是美国，而是布尔什维克领导下的苏联。在苏联精神、财富、军队和武器的支持下，他们抨击一切外来的东西，特别是近年来在中国愈发凸显的商业和政治帝国主义。但他们似乎并没有意识到，越是疏远其他国家，便越是前所未有地依赖苏联。

第一次国共合作期间（1924—1927年），创造社的活动中心主要在广东中山大学。但当政府开始右倾，《洪水》和《创造》杂志都先后被禁，他们的活动中心自1928年起便转移到了上海。郁达夫退出，郭沫若被驱逐于日本，成仿吾则在欧洲游历，创造社的核心人物只剩张资平和王独清。不过，一批新的年轻人开始走向前台。他们中的大多数从日本留学归来，几乎都忠实地信奉共产主义辩证法及革命文学。这些年轻人有：李初梨、冯乃超、彭康、朱镜我、成绍宗、邱韵铎等。

创造社主要的代表人物如下。

成仿吾，湖南新化人，出生于1897年。曾在东京帝国大学就读。正是在那里他与郭沫若、郁达夫、张资平结识，1919年起，他们便开始构想创立一个文学组织。1921年，成一回到中国就迅速创立了创造社。和他的同伴一样，1924年以前，他主张"艺术是为了艺术"而否认其他文学目的。他曾公开表示："我们如把它应用在一个特别的目的，或是说它应有一个特别的目的，简直是在沙堆上营造宫殿了。"①所有文学的最高标准应该是表达内心的需求。文学的全与美是其两个目标。

1924 年后，成仿吾背弃了这一原则，转而和他的许多朋友一起投向了本质上专于政治宣传和革命需要的文学。作为作家，成非常平庸，只在诗歌创作、文学批评和外文作品的翻译上小有成就。1924—1927 年他在广东大学任教授，从此便开始了他的政治活动。

1928 年，他到欧洲游历，期间创造社在政府命令下解散。回国后，他加入了中国左翼作家联盟，并为延安共产党政府工作。

他创作了小说《使命》《流浪》，并在 1927 年与郭沫若一起创作了《从文学革命到革命文学》。

郭沫若，1892 年生于四川乐山。1913 年进入天津陆军军医学校，1914 年在他于北京政府任职的哥哥的安排下，赴日本在帝国大学学医。在那里他与一位日本姑娘结婚，并育有几个儿女。然而，他对医学始终没有太大兴趣，反而在文学上花费了大量时间。这一时期他创作了许多诗歌，后结为诗集《女神》。在当时的日本医学院中，德国医学的研究是一个重要分支，因此郭得以接触了许多德国的诗歌和思想，并被歌德及其他德国大哲学家深深地吸引。他也因此深刻地体会到中国文学的不足，特别是当时的中国还没有一本纯文学杂志。为填补这一空缺，他努力集结了几个文学家朋友，希望与他们一同完成这项工作。从 1919 年起，他开始向同在日本的成仿吾讲述他的计划。

郭沫若尤为反对鲁迅的"自然主义"（又叫现实主义）而鼓吹浪漫主义，这也是那些年他文学活动的突出特点。他曾是上

---

①参见郑振铎编《文学论争集》，第 175 页。

海泰东图书局编辑，并先后在多所大学任职，曾任学艺大学文学系主任、广东大学文学院院长。1926年他又担任中山大学文学院院长。也就是从这一年起，他开始从政，为广东政府服务，担任北伐军总政治部宣传科科长。北伐战争期间，他担任武汉国民政府政治部秘书长，从此明确成为左翼作家。在他的参与下，第四阶级的文学开始兴起。1927年，任武汉共产党总政治部主任的郭沫若在卸职后依然与这一文学相伴。原本应该赴香港避难的他回到上海，重新在创造社左翼中发挥作用。1928年蒋介石将他逮捕后驱逐。他在日本短暂避难后，不久便又回到上海租界重新开始活动。1930年，中国左翼作家联盟成立，他是第一批成员。同年国民政府又一次肃清共产主义的煽动者，许多左翼作家被枪决。郭沫若幸运地保住了性命，但不得不又一次踏上流亡之路。他花了近六年时间在日本研究古代史、原始社会、古文字尤其是甲骨文。1936年12月，南京国民政府和共产党结成统一战线，根据协定郭沫若被赦免回国。他将妻子和六个孩子留在了日本。但他仍深爱着妻儿，并在回国途中为他们创作了数首诗歌。随后他参与到了救亡图存的运动中，被任命为大本营政治训练部部长。

1945年8月初，日俄战争打响前夕，他陪同外交部部长宋子文赴莫斯科外交访问。作为重庆无党派人士的官方代表，他还积极参与到国民政府与延安共产党的谈判中。同年12月，他以中立派代表的身份出席了重庆的各党派政协会议，然而私底下却更倾向于共产党。

他的主要文学作品有：《女神》《沫若诗集》《瓶》《我的幼年》《反正前后》《创造十年》《北伐途次》《塔》《橄榄》《水平线下》《文艺论集》《落叶》《光华》《三个叛逆的女性》等等。

钱杏邨曾为郭沫若写过极为详细的文学评论，他的这些评价必须放在左翼作家的框架中解读。现将他的主要观点简要概括如下：

回顾这位作家直到 1930 年的所有活动，我们可以将他的创作生涯分成界限分明的两个阶段。前期他是一位充满幻想的诗人，刚开始接触到现实生活的需要和经济压力，在显而易见的矛盾前束手无策。第二阶段，还是同样的他，自认为从阶级斗争中找到了矛盾的解决方法，于是开始发起无产阶级文学。何以 1924 年是郭沫若人生的关键转折点呢？这个问题可以从他的作品中找到答案。

1924 年以前是《女神》《瓶》和《前茅》等作品创作的阶段。第一部作品《女神》是一部宏大的诗篇，作者在其中发挥了他天才的想象，超脱现实，以幽灵鬼怪为灵感。"诗的事只是抒情……要出于无心，自然流泻……生的颤动，灵的叫喊……"

第二部作品《瓶》，作者以同样丰富的灵感歌颂了自由的爱情。

第三部作品《前茅》发出了第一道革命理想的光芒。这一革命理想逐渐成为引领他们向前的思想，甚至成了他们今后一切活动不变的主旨。

钱杏邨总结了郭沫若所有的文学作品，提炼出其三个品质：灵感的丰富、伟大的力、狂暴的表现。郭沫若自己也曾承认："我是一个偏于主观的人，想象力比观察力强……我又是一个冲动性的人……我便作起诗来，也任我一己的冲动在那里跳跃。我一有冲动了的时候，就好像一匹奔马，我在冲动窒息了的时候，又好像一只死了的河豚。"

1924 年以前，他穷困潦倒，历经当时社会重重险恶。但是他仍然心存希望，不懈战斗。靠着政府的补助勉强维持生计的他依旧惬意地梦想着一种充满诗意梦幻的理想生活，而不了解痛苦才是生活本身所固有的。

回到中国后，他的幻想一个接一个破灭了：补助没有了，他越来越清楚地意识到实现自己的文艺梦想多么渺茫。他的孩子们嗷嗷待哺，物质生活的紧迫需求时刻刺痛着他。他深深地体会到社会的不公。痛苦的现实杀死了他对未来的美好憧憬。不满的情绪在他心中激昂，拉扯着他如同"暴风雨以狂暴之势席卷云层"，使他用自己的笔做下如此图景。他时而滑向绝望的深渊，时而又觉得"越过了高耸入云的泡沫般模糊不清的山脊"。这一时期他开始不满，并反对所有已经建立的秩序。他想要重塑这个世界，重新完成"上帝未完成的工作"。他深信上帝在造人时"早休息了一天"，而他将继续"完成这个第七天未完成的作品"。他的戏剧《三个叛逆的女性》很好地反映了他的精神状态，特别是现实生活与对自由的渴求之间的冲突。这一冲突指引他走向"共产主义的反命题"，用唯物辩证法的术语即"过渡时期的曙光"。他开始梦想推翻现有经济制度以更快地到达幸福。"走上了，因生活的压逼，自由的渴求觉悟，到现代经济制度非颠破没有幸福的时候的过渡的黎明期。"

在这部戏剧中，郭沫若选取了广为人知的历史题材，并用现代的手法加以处理，优雅、激情而雄辩，但同时又有着明显的时间错位。"女性的反抗"和"命运要自己去开拓"构成了戏剧的主要情节。作者自己也承认受到了歌德(尤其是他的歌剧《浮士德》)、王尔德(《莎乐美》)和易卜生(《玩偶之家》)很深的影响，在主旨的构思和编排上都受其引导，甚至常有模仿抄袭的痕迹。

正是在那几年，郭沫若通过阅读日文译本开始了解马克思和列宁的思想，并立刻着手将它们翻译成中文。其中就有卡尔·马克思的《政治经济学批判》。这本书后来被中国政府列为禁书。

从此，他完全被共产主义的观点所征服，并在其中找到了一切经济和社会问题的解决方法。

回顾过去理想主义者梦想的虚妄，他在1925年创作的《文艺论集》引言中这样写道："我从前是尊重个性、景仰自由的人，但是最近一两年之内，与水平线下的悲惨社会略略有所接触，觉得在大多数人完全不自主地失掉了自由、失掉了个性的时代，有少数人要来主张个性，主张自由，总不免有几分僭妄。"

于是他就这样如火焰般热烈而迅猛地走上了革命文学和阶级斗争的道路。他的浪漫主义在现实面前毁灭殆尽。在愤怒与仇恨的推动下，他向着另一个方向扬帆起航。但他从未想过，他梦想幻灭的真正原因首先是他的冲动急躁和情绪失控，而非客观的现实。他有点像一个清醒而聪明的狂躁症患者，常常被一些固定的念头扰乱心神。

郭沫若后期还创作了小说《橄榄》，与厄普顿·辛克莱的小说《亚瑟·斯特林日记》颇为相似。书中作者讲述了在一个物质第一的世界中诗人与作家们的悲惨生活：富人们掌控一切，文学家们宛若牛马，虽欢欣鼓舞于艺术的创想，却不得不臣服于经济的需要。为谋求生计而他们不得不满足富人的消遣，这使他们痛苦不堪，但他们未来唯一的希望只有死亡。

接着，他又创作了《塔》。该书由七篇短篇小说组成，在描绘爱情的同时也提到了经济困难。

他的《落叶》是一篇书信体小说：一位日本少女为追随她的丈夫抛弃了一切。后来与丈夫分开，她为爱人写了42封情书。"从这部书里，我们可以看到日本少女恋爱心理的解剖，可以看到女主人公的温柔活泼，措辞异样的妩媚，实在具有樱花下面的风光，思想当然是只有爱，是忘却一切的事件的。"读到这里，我们不由地联想到作者为了全身心投入到爱国理想中而将妻儿抛弃在日本，其中的悲伤可见一斑。

郭沫若值得一提的译著有：《浮士德》《少年维特之烦恼》《茵梦湖》等等。

他比较著名的历史学和社会学作品有 1931 年的《甲骨文字研究》和 1932 年的《中国古代社会研究》。后者对人类及其成就做了公正的评价，也为郭沫若的古代研究奠定了地位。作者在书中用历史唯物主义和杜尔克姆的人种学方法考查了中国社会的起源。他科学的论据具有很大价值，但是他关于社会的总结太过宽泛，这也是人种学方法普遍的缺陷。这本书忠实地反映了作者的社会观点和唯物主义主张：研究中国古代史仅仅靠饱览史书文集远远不够，还需要首先了解马克思和恩格斯，因为他们能提供研究古代史所必需的唯物辩证法。因此，要摆脱西洋所谓的科学的、惯常的、经典的方法——这些方法常常会受历史学家自身偏见的影响；而应该采用"近代的科学方法"，即"不能只在旧纸堆里取资料，要从新的园地取新的材料，这新的园地就在殷墟文字里头。有这新的园地才可取出新的材料，有这新的证据，才可明了中国社会史的真相。"①换言之，在他看来，首先应清楚地知道要找什么、要证明什么，然后再开始着手搜寻能够证明某一论点的论据。

他认为中国社会的源头是母权制度，在过去人们可以为母亲牺牲一切，而父亲和其他祖先极少被提及。他一直持有一种社会思想，认为应该科学而历史地建立"新文化"的理念。大至传统宗教，小至伦理纲常，还有孔教中极端的父系制度，都是这个新文化所激烈抨击的对象。

郭沫若是现代最为多产的文学家之一，光是我们所知的作

①郭湛波：《近五十年中国思想史》，第 235 页。

品就已堆积如山，且还没有包含他所有的作品。他受年轻人追随的真正原因在于他对习俗镣铐和封建伦理的反抗精神。作为诗人，他热血、激昂，有着近乎天真的浪漫，如他自己所说，更多的是想象而非观察。在他所有的作品中他都是一个诗人，即使在戏剧中也掺杂了诗句与散文。①

沈从文对他的评价少了一些奉承，多了一些客观。"与上列（文学研究会）诸作者作品取不同方向，从微温的细腻的怀疑的淡淡寂寞的憧憬里离开，以夸大的英雄的粗率的无忌无畏的气势，为中国文学拓一新地，是创造社几个作者的作品。郭沫若、郁达夫、张资平，使创作无道德要求，为坦白自白。这几个作者，在作品方向上，影响较后的中国作者写作的兴味实在极大。"②但是他们宣扬的是彻底的不道德，于是他们也常常无法控制地陷入不道德中去。

> 但三人中郭沫若，创作方面似不如其他两人。……文字不乏热情，却缺少亲切的美。在作品对话上，在人物事件展开与缩小的构成上，缺少必需的节制与注意。……郭沫若的成就，是以他那英雄的气度写诗……但创作小说可以说实非所长。③

如果从另一个角度来看郭沫若的作品，那么毫无疑问他是上述三人中最有道德的一个。他的确过于激进，但是他所支持的思想比另外两人的更为高尚。

郁达夫，浙江富阳人，生于 1896 年。进入杭州府中学堂一

---

①参见李素伯：《小品文研究》，第 179 页。
②③沈从文：《论中国创作小说》。

年后革命爆发，所有官办学堂关闭。还没等到这些学堂重新开学，他就经申请进入一所教会学校读书。这所学校的课程难度相对较低，郁达夫因此有了许多空闲时间，得以阅读了大量小说。1914 年，他进入东京第一高等学校预科班学习，在那里他第一次接触到了外国文学。他阅读了屠格涅夫、陀思妥耶夫斯基、托尔斯泰、高尔基、契诃夫等人作品的英文译本，又开始读德国、法国、美国和日本作家的作品。就这样，他一本接着一本，闭门不出，目不窥园，甚至逃课在寝室看书。四年时间，他读了有上千本小说。如此数量庞大的小说，其中俄国小说尤甚，给他的身体和精神带来了灾难。从那时开始，他便饱受神经方面问题的困扰。

1919 年，郁达夫进入东京帝国大学经济学部，但其依然如饥似渴地读书。郁达夫自己承认，期间其忽视学业，更多将时间花在咖啡馆里，与狐朋狗友一同饮酒。1921 年郁达夫写下了《沉沦》。1922 年，郁达夫回国，在一所学校任英语教师，数月后辞职，决心以写作为生。当时郁达夫已经加入了创造社。1923 年，其出版之小说多达四十多本，其文学之高产也与其对金钱之所需成正比。1923 年，郁达夫于北京大学任教，写作数量有所下降，而将更多时间用于备课。在高校的数年里，郁达夫仅出版了一本小说集《寒灰集》。1924 年，于武昌师范大学任教，期间并未出版任何作品。此城市之氛围使其不悦，生活中一切均令其厌恶，结果区区一年便离开了。郁达夫又赴上海，失望之情总算过去，又重新开始写作了。不久后，郁达夫回归高校任职，先后赴中山大学、南海大学任教。

对郁达夫来说，1925 年可谓最为黑暗悲惨之一年。这一年，郁达夫不抗争、不写作，终日饮酒，虚度光阴。秋天过后，郁达夫为其不加节制的行为付出了代价，终于倒下，住院半年以上。然此休憩亦使其身体与精神均得到极大恢复，其人生之观念亦就此改变。其亦于《鸡肋集》之前言中有所忏悔。1926年，郁达夫赴广州，欲全身心投入革命。然希望又破灭了：其之所见，不过欺骗、阴谋与腐败。如此情况，革命永不可能实现。郁达夫又回到上海独居，厌恶世人。失望透顶之际，如其于《鸡肋集》之前言所说，郁达夫却突然找回了"生活之新依靠"。这一所谓"新依靠"，其实就是郁达夫之妻，她忠贞不渝、一如既往地照顾郁达夫。他更为严肃认真的新生活该开始了。郁达夫重整旗鼓，与变得过于共产主义化的创造社断了联系，然郁达夫对革命依然真诚。

1928年，郁达夫仍在上海，主编《大众文艺》。1930年，郁达夫加入了中国左翼作家联盟。1936年，郁达夫任福建省参议。1938年，郁达夫与妻子及孩子一同流亡新加坡，宣扬爱国思想，同时于新加坡编辑《星洲日报》副刊。1942年，郁达夫再度流亡至苏门答腊，化名赵廉，在苏门答腊岛的西边开了一家"赵豫记"酒厂，并继续其爱国创作，呼吁华人华侨支援抗日。1944年夏，日军开始对其调查，所幸郁达夫逃过一劫。1945年8月29日，日军投降之后，郁达夫被日本宪兵杀害。

郁达夫之作品中，尤应注意：《沉沦》《迷羊》《达夫全集》《蜃楼》《寒灰集》《鸡肋集》《过去集》《蕨薇集》《小家之伍》《畸零集》《拜金艺术》《小说论》《达夫短篇小说集》《瓢儿和尚》《闲书》等。郁达夫亦出版了一些翻译作品及研究文学历史之著作，包括《达夫所译短篇集》《她是一个弱女子》等。

黎锦明将郁达夫的文学创作分为三个阶段：一、"灵肉冲突"之前的"沉沦"时期。这一时期的创作由其个人生活出发，以其情感之悲痛与真挚感动读者，即使郁达夫自认其作品"不过是新手之皮毛，里面没有真正的生活"。二、"自我表现"时期。这一阶段的作品多为郁达夫个人生活的记录，《寒灰集》即此时期最有代表性的作品。三、个人进化时期，郁达夫得以不再"过度囿于自我"，而更为自由地创作、实践其想法。此时期之代表作为《过去集》。其文风于此时终于成熟了。

有中国评论家相当准确地评论道："在郁达夫的作品中，多半反映青年病态：如青年对现实社会之不满、性与经济之苦闷，无不描写尽致，此乃郁氏创作之特色。"

至于其人格，钱杏邨认为郁达夫"他是心理不健全的人"。自幼便是孤儿的郁达夫，缺乏父亲之监督与母亲之爱意。或许因此养成了其忧郁悲观的性格。

赵景深则说得更为露骨："他是一个潦倒的人，小说多写穷和偷和色。"除此以外，诸位作家也只能重复郁达夫之自评："我是一个真正的零余者，所以对于社会人世是完全没有用的。"郁达夫梦想着能从自己所说之"金钱、爱情与名声"中找到幸福生活。这三种幻想一直延续至1927年。《胃病》《风铃》《中途》《怀乡病者》《沉沦》《南迁》与《银灰色的死》等作品均带着这些想法。在《沉沦》中，郁达夫却承认是法国自然主义文学将其带向精神之深渊。

于日本留学时，郁达夫对酒色之兴趣已远大于其专业经济政治学。身体孱弱，又得肺结核，郁达夫对美色之诱惑却极为敏感，几乎一直在纵情享乐与压抑激情中来回挣扎。如此精神状态，也几乎使其所有作品均充满一种道德与精神不甚平衡之氛围。正是其内心的挣扎，加之目睹祖国之苦难对社会的不满，均使其悲观的内心筋疲力尽。因而郁达夫身心俱乏，厌恶一切。

郁达夫经常以自身为笔下人物之心理模型，因而很难将其小说与自传分开。女性角色的性格刻画通常更为细腻与深入，然其作品总是显得"厌倦生活、希望幻灭与悲观主义"。由日本回国后更甚，郁达夫给人之印象真如一个道德迷惘的人。郁达夫甚至承认自己没有公开表达意见的勇气："我咳嗽时，会尽量压低声音，生怕人们注意，要叫人力车时，也不敢高声呼叫。"此亦受托尔斯泰之影响颇深。

与其他作家一样，郁达夫亦于1930年为左派发声。自此其似乎找回身心平衡，从而开启了人生的第三阶段。

读郁达夫之作品，似乎与缪塞有些相似，字里行间不仅是激情，又带着病态的多愁善感。因此人们常常批评郁达夫的作品过于强调对于自身之怜悯，而不在青年人心中唤起对于完美之渴望。

郁达夫的得意弟子刘大杰，同样亦是"为艺术而艺术"的理论的拥护者，一直努力为其老师辩护。"有些评论声称郁达夫为失败主义作家，热衷于描绘青年间两性纠葛与灵肉冲突，以不良影射毒害青年，在当今中国社会，最好不要有像他那样的作家。""没有人会认为读冰心的作品，人们会读到男欢女爱。郁达夫则不然，只是一味地写肉欲。"刘大杰随后以创造社的创作原则来回应。"这般评论，全然不知何为艺术，其实根本不必回应。他们并不明白，艺术作品的价值是高于道德是非的。阅读文学作品时，人们不应将其道德方面单独拎出来考虑。正因为他们不明白文学批评的基本问题，才导致他们有此偏见。"但此本身就反映了类似文学所潜藏的危险。

可谓充满诡辩之回答。刘大杰继续争论，显得愈加愤世嫉俗："吾人不应以是非好坏为绝对标准来评判文学。一部作品能达到其自己所提出之目的，即可认定为成功之作。一部写笑话的作品，若能引得读者发笑，便是成功的。一部写悲痛的作品，若能引得读者悲伤，便是成功的。若是如评论家们所说，郁达夫之作品改变了许多青年人之内心；若说郁达夫给中国文学创造了一种新的氛围，那岂非恰恰证明了郁达夫是成功的嘛！如果真如评论家们所宣称的那样，那吾人应当恭喜郁达夫。不仅是吾等朝夕相处之人，即使是各位大文豪们，亦应当来向郁达夫致敬。"

于此论调，不必赘言，可谓自证其丑。

梁实秋则明确反对刘大杰，其反驳有理有据、不容置疑。

无行的文人中之最无行者，就是自家做下了无数桩的缺德事，然后倨傲的赤裸的招供出来，名之曰忏悔，忏悔云云……并不是后悔的表示，只是在侮慢社会的公认的德行，不以可耻的事为可耻，一五一十的倾倒出来，意若曰："我做下这等事了，你们来表同情与我，你们快来赞叹我！我敢做，敢当，你们平庸的人敢做这样的事么？做了敢于承当么？我是坏人，但是我无所忌讳，并且责任不在我，你们不必指责我，我叙述我自己的无行，比你们还叙述得好。"

这样的论调时常就可以震慑住一般的人，于是在一片忏悔声中无行的文人就变为真诚的英雄。

自家把自家的无行和盘宣布，这个举动至少包含着勇敢与质直的美德。但是一件无行之事，自己宣布后，不能变作一件有行之事。我们不能因为忏悔者的勇敢与质直，遂把他的无行一笔勾销。做了的事不能当作没有做。无行的文人若真的忏悔想改到有行为的道上去，唯一的途径就是在生活上努力要有行。德行的事，或者可以把以前的缺德的事遮掩一些。舞文弄墨倨傲的忏悔，本身就是一种无行。①

张少峰所写的《鬼影》一书之前言，就是此类文学之典型。

周作人亦给郁达夫之作品一个更为缓和与正当的评价。在《自己的园地》中，周作人首先重复了郁达夫自己之说法："著者在自序里说：'第一篇《沉沦》是描写着一个病的青年的心理，也可以说是青年忧郁病的解剖，里边也带叙着现代人的苦闷，——便是性的要求与灵肉的冲突。……第二篇是描写一个无为的理想主义者的没落。'"周作人认为："《沉沦》是一件艺术的作品，但他是'受戒者的文学'，而非一般人的读物……在已经受过人生的密戒，有他的光与影的性的生活的人，自能从这些书里得到稀有的力，但是对于正需要性的教育的'儿童'们却是极不适合的。还有那些不知道人生的严肃的人们也没有诵读的资格，他们会把阿片去当饭吃的。关于这一层区别，我愿读者特别注意。"

张资平，1893 年生，广东梅县人，首先于一所清教学堂上学，后至东京帝国大学进修地质科。1922 年取得学位，同年回国，于其他先驱一同创立创造社，并开始其文学创作生涯。随后于武昌高等师范学校任教。1926 年任第四中山大学地理教师。1929 年，蒋汪之争，蒋胜，引起各高校巨变，张资平被迫辞职。先后赴暨南大学、闽南大学任文学教师。在此期间，因郁达夫退出、郭沫若被除名、成仿吾在外旅行，张资平主导创造社。

为维持生计，张资平于同年开了一家乐群书店，并出版同名杂志。然几月后即倒闭。张资平并未因此而气馁，而是立马

---

①梁实秋：《文人有为》，《新月》1928 年 4 月 10 日第 2 期。

又开了一家书店，办了一刊杂志，取名为环球图书公司，可结果依旧，再次破产。

1930年，张资平成为左翼作家。然1938年后，却至上海投奔汪精卫，甘为汉奸。

除地理学等科学作品外，张资平较为出名之小说有《青春》《飞絮》《苔莉》《红雾》《长途》《石榴花》《爱》《爱之焦点》《素描种种》《资平小说集》《天孙之女》《北极圈里的王国》《明珠与黑炭》《爱力圈外》《冲积期化石》《雪的除夕》《不平衡的偶力》《最后的幸福》等。

另外，张资平还翻译过多部日文作品。

张资平之小说几乎多为情色主题，描写多角之爱间之男女私通。其故事之主角常为多情好淫之女子，喜好勾引挑逗男人，玩弄其心灵与肉体，最后却在失望与不幸中结束其悲惨人生。张资平于其小说中，以极致之愤世嫉俗与辛辣讽刺，挖掘爱情、性癖好与不伦的情欲。

于文学，张资平为自然主义者，亦为个人主义与唯物论者。其以犬儒主义之眼光看待世上一切。依大部分批评家来看，其文学价值几乎为零。郁达夫给人留下之印象乃真诚之人，即使其内心纠结，其以不稳定之文学才华争得读者之同情，获得人们对其饱受折磨之灵魂之怜悯。张资平却真真是毫无借口了。其文笔暗淡单调，内容伤风败俗，人尽皆知，文学想象可谓枯竭，叙述无聊，情节单调，给人印象极为不好，让人觉得作家既无诚意又无才能。加之其描写之爱并非自然、社会及家庭间之关系：尽是私通、出轨、乱伦、师生间之扭曲关系等。张资平所描写之一切，其笔触使读者觉着像一枚毒针，读着令人生不如死。

嗟乎！然其书却极多人读。这一成功似乎仅仅来源于其书中主题之病态吸引：不伦之恋，放荡纵欲。

1929 年左右，张资平不再创作类似题材小说，而是投身革命文学。其虽然写了数篇文章，然其自然主义之观点无法与任何意识形态相容，即使共产主义的乌托邦，也无其容身之处。

1931 年，大夏大学学生邀请张资平教授小说学，如此说道："为青年所崇拜的张资平先生……"对于这一邀请，鲁迅讽刺道："呜呼，听讲的门徒是有福了，从此会知道如何三角，如何恋爱，你想女人吗？不料女人的性欲冲动比你还要强，自己跑来了。"

冯沅君，本名冯淑兰。1900 年生于河南唐河，冯淑兰为中国著名哲学家冯友兰之妹，先后于北京大学文学研究院与北平师范大学文学研究院取得学位后，陆续担任了多所大学教师。1929 年，冯淑兰与陆侃如（1903 年生于江苏南通）结婚，后者亦同样为大学教师。

1923 年，冯淑兰于《创造周报》发表了多篇作品，很快即为其赢得了作家之名声，作品包括《旅行》《慈母》等。尤其是其《隔绝以后》取得巨大成功，因冯淑兰为第一位敢于描写女性爱情心理之女作家。自此，她正式开始其作家生涯，并陆续出版了三本小说集：《卷葹》《春痕》《劫灰》。

于《卷葹》一书中，冯淑兰描写了青年之炽烈情感，对于自由之强烈渴望，以及坚定意志。她抨击了儒家孔教之陈规陋习，鞭笞了扼杀一切的旧传统。她强调对于爱情之忠贞，为了爱情可以有所牺牲。然其并从未跳出家庭与学校之范围，未涉及重大之社会问题。其创作理念仍是"为艺术而艺术"，与郭沫若一同做着彻底改变文学创作的梦。

《春痕》一书则描绘了一颗渴求理想爱情的浪漫之心，因世界现实之残酷而饱受折磨。生活往往令人失望，先前之热烈亦慢慢消逝，取而代之的，只是深深的悲伤与忧郁。伤心欲绝后，其内心虽伤痕累累，却愈发坚强。

《劫灰》则是一位妙龄女子写给其情人之众多信件。作者将其亲身经历之心理状态置入其中，多为悲伤与忧郁之情。

冯淑兰其他作品中，出名的还有：《沅君卅前选集》《一个异闻》等。

冯淑兰将年轻女子心中自由恋爱之心理状态以热烈之笔触描绘出来。其文学成就高于冰心，然却缺乏冰心所特有的热忱。冯淑兰于其写作中将自身代入，但因过于个人化，其想象之源泉很快便干涸了；随着年龄增长，冯淑兰则变得不如从前。简而言之，江郎才尽矣。

王独清，1898 年生，陕西人氏，乃一位国家公务员之私生子。幼年失父，即奔赴上海，断绝与家中一切关系。

王独清于法国学习艺术与文学，回国后加入创造社。1925至 1926 年，任中山大学文学院院长、创造社理事，及《创造月刊》编辑。1929 年，创造社为国民党封闭后，王独清赴上海艺术大学任教务长，从此与郭沫若、张资平等人决裂。

王独清为充满热情之人，一切随心。其作品以抒发情感之诗见长，崇拜但丁、拜伦、阿尔弗雷德·德·穆赛与乔治·桑。

作品有：《圣母像前》《吊罗马》《杨贵妃之死》《貂蝉》。其散文中较为出名的则有《前后》《死前》《我在欧洲的生活》等。

穆木天，1900 年生，吉林伊通人氏。先于天津南开中学学习，后赴日本京都第三高等学校学习文学，专修儿童文学。于日本，穆木天与创造社之元老们相识，并加入其中。其亦极力推动外国文学于中国之传播。回国后，先后于中山大学、孔德学校、吉林省立大学任教。

其主要作品有：《旅心》《青年烧炭党》《蜜蜂》《初恋》。此外还有多部译作，以高尔基之作品为主。

倪贻德，浙江杭州人氏，于日本学习。回国后先后于广州市立美术专科学校、武昌艺术专科学校任教。1941年，赴上海美术专科学校任教。倪贻德出版了多部关于美术及绘画之论著，其文学作品主要有：《残夜》《玄武湖之秋》《东海之滨》等。

倪贻德乃狂热的浪漫主义艺术家，极富感情，只钟情于不加限制的艺术与爱情。

周全平，郭沫若学生，1926年后积极领导创造社。如其他此派作家一般，其作品中仅有两个主题：爱情与对社会之不满。其作品有：《箬船》《梦里的微笑》《烦恼的网》《楼头的烦恼》《苦笑》等。

刘大杰，湖南岳阳人，于武昌高等师范学习，后赴日本进修。回国后于复旦大学任教。

身为郁达夫的得意门生，刘大杰于为其师之辩护中提出了其文学理念。其作品可分为两个时期。前期表现为悲观的感伤主义，其《渺茫的西南风》与《黄鹤楼头》就是此时期之成果。作者想表达的，只是被埋没之爱意与内心之悲伤。

自赴日留学以后，其写作倾向有所变化。此时之代表作为《支那女儿》与《昨日之花》。在其作品中，刘大杰不再囿于原本于爱情之陈见，亦不再限于过度内敛与个人化之笔触。其视野扩大，开始思考社会与政治问题，同时亦流露出对于平静安宁的家庭生活之深切期盼。

其作品还包括：《三儿苦学记》《寒鸦集》《山水小品集》《明人小品集》《盲诗人》《长湖堤畔》《恋爱病患者》；此外还有译自美国作家杰克·伦敦、奥地利作家施尼茨勒等人的作品。

蹇先艾，1906年生，贵州遵义人氏，1931年毕业于国立北平大学法学院。

1925年，《晨报副刊》由徐志摩主编后，蹇先艾开始于此刊发表诗歌。在此期间，蹇先艾亦写了几部小说，主题多为自由恋爱与青年人之烦恼，包括《酒家》《朝雾》《一位英雄》《还乡集》等。

郑伯奇，陕西人，于京都帝国大学学习文学。1920 年时，郑伯奇即与郭沫若有所交流，试图办起文学社团与杂志，然直到 1921 年，郑伯奇参与成立创造社。1929 年创造社遭国民党封闭后，郑伯奇独自办起了文献书房，然而仅仅维持了数月。1936 年，郑伯奇成为中国文艺家协会副主席。其作品包括多部剧本，包括《抗争》《轨道》等，亦译有多部外国文学作品。1939 年成为回教文化研究会成员。后赴重庆。

洪为法，1899 年生于江苏扬州，毕业于武昌高等师范中文系，后为中学教师。其作品有《绝句论》《莲子集》《呆鹅》《长跪》等，此外还有多部文学研究著作。

何思敏，更以其"何畏"之名为人所知。1895年生，浙江人，于东京帝国大学学习文学。回国后任中山大学法学及社会学教授。

成绍宗，主要因翻译多部法国浪漫主义作品而为人所知，包括由光华书局出版的 A.F.普雷沃之《传奇小说》、亨利·巴比斯之《地狱》等。其亦为著名的《墨索里尼战时日记》之译者。

冯乃超，笔名较多，其中最为出名的为"李易水"。原籍广东，于东京帝国大学学习文学。1925年后，冯乃超与李初梨、朱敬我等人一起，为创造社最有影响力之成员之一，曾任创造社多个刊物之主编，包括《创造月刊》《文化批判》《思想月刊》《文艺讲座》等，并于 1928 至 1930 年间，积极参加与梁实秋、鲁迅等人之文学论战。其主要作品有《傀儡美人》《抚恤》等。

沈起予，以其笔名"绮雨"为人所知。1903 年生于四川省，于京都帝国大学学习。回国后成为创造社重要社员。其主要作品有《艺术科学论》《飞露》《残碑》等。

八、新月社

　　新月社的创办者是一群留英美归国的学子，他们中大部分人都曾于清华大学求学，对19世纪中叶的西方文化及其附庸表现出极大热忱：好古典文学、尚古淳之风、重现代英美之思想与哲学……一言以蔽之，这些人梦想以西方文化之瑰宝充裕新时期之中国。他们多在闻一多先生的家中聚会，那里的希腊雕塑与19世纪的西方画作，为聚会蒙上了一层细腻的古典风韵。他们既吟诵席勒和歌德的大作，又欣赏瓦格纳和巴赫的乐曲：他们想要过一种艺术家与知识分子的生活，这种生活既有别于普罗大众的寻常日子，更远离1922—1928年如火如荼的新文化运动。在诗学方面，他们既欲继胡适所立之事业，又求创前世未有之艺术。他们设想将诗歌、散文、形体、音乐及韵律完美融合，故而于他们而言，戏剧即艺术之全部。他们所受19世纪浪漫主义影响之深，由此可见一斑。①

　　新月社有别于创造社，对新月社成员而言，"艺术良心与道德良心平衡"，不过他们对于道德良心之界定却更多地局限在美国实用主义。②他们或被视为资产阶级，或被视为中产阶级利益之代表。直至1929年起，新月社慢慢显现出向社会实用主义转向的趋势，田汉与洪深的戏剧缘此逐渐展露头角。他们的理

---

①参见阿英编《史料·索引》，第127页。
②同上书。

论也为 1930 年中国左翼作家联盟的创立开辟了道路。然而部分新月社成员——如胡适和梁实秋——则由于排他主义作祟和社会认同感的缺乏，而用不同方式对这一趋势进行了掣肘。反对者将其戏称为"象牙塔绅士派"，他们在某种程度上的确堪当此称谓。

此外，新月社另创办了《新月》月刊及新月出版社，《新月》编者于 1928 年 3 月出版的创刊号上声明：新月社、《新月》月刊与新月出版社虽各自为营，实则浑然一体。

1928—1932 年的文学论争促使新月社明确宣称其立场与态度，原文如下："我们办月刊的几个人的思想是并不完全一致的，有的是信这个主义，有的是信那个主义，但是我们的根本精神和态度确有几点相同的地方。我们都信仰'思想自由'，我们都主张'言论出版自由'，我们都保持'容忍'的态度（除了'不容忍'的态度是我们所不能容忍的以外）。我们都喜欢稳健的合乎理性的学说，这几点是我们几个人都默认的。"①简而言之，他们所捍卫的是一种"不妨害健康的原则，不折辱尊严的原则"。

在面临鲁迅的社会实用主义与胡适和梁实秋的高雅自由主义之时，保持中立态度的青年作家不在少数，他们甚至还因周作人理想的人道主义而互相亲近。现如今大多数投身文学领域，并未涉足政治的作家都被可划入此类阵营之中。他们拒绝将其艺术天才拿来为某一特定政党所用，也正因如此，他们才能够加诸今日之中国更大的文化影响力。

新月社成员反对郁达夫的感伤主义。于后者而言，在文学的无垠场地之中，理性永远不可画地为牢，对情感的驰骋加以

---

① 《新月》第 3 卷第 5 期，第 6 页。

限制。

与此同时，他们也抨击一切为人类理性所明证的极端主义和唯心主义。于他们而言，创造社的极端主义者是戴着绿色眼镜看世界的，故而在此类人眼中，世间万物皆为绿色。他们的先验论非但是反智的，且是不切实际的。在正常的人类社会中，爱的影响应比恨更为深切，互存恶意应为互助精神所取代。一切皆真实且公正地和谐共生乃新月社所求之凤愿。

也正因如此，新月社才反对一党执政的排他主义，拥护人权与议会制。

此外，新月社亦与功利派背道而驰。他们坚持区分事物的价格与价值，区分物质与精神："世界呈现出一种混淆不同实事的强烈倾向，然而我们却不愿随波逐流。我们但求真实与公正，只因公正的思想才是改造人生和解放我们的活力的不二法门。"

在 1928 年的文学论争中，梁实秋成了新月社的拥趸。面对创造社和语丝社的观点，他宣称文学不应被世间所存之偶然性所限。于他而言，文学当下之要务在于中国之新文明。彼时，左翼作家多论及"文化"，而梁实秋与新月社则致力于创造一种"文明"，他们认为文学要实现双重目的：解放活力，整理国故。他们欲以西式方法进行自我启迪，并认为西方古典文明亦应适应新时期之需要。

新月社坚信各民族的未来成就于文学家和思想家之手，因为此二者乃朋辈之执牛耳者也。与此同时，新月社承认值此社会动荡之际，革命思想会对文学施加影响。他们甚至认为存在某种"革命时代的文学"，前提是须由文学家与思想家引导革命，而绝非由革命来引导此二者。诚然，革命作家存于当下乃情理中事，然而革命作家欲行文学垄断，以此施压于所有政见相左之人，此种做法实为不智。伟大的文学乃是基于固定的、普遍的人性，从人心深处流露出来的情思才是好的文学。①

故而，不可强迫所有文学家违背心意，臣服于革命文学的旗帜之下。且革命文学自诩为"人民大众之文学"，然而真正的文学家乃天才也，天才总在少数，且并非如革命者所认为的仅出自人民大众之列，而是出自所有社会阶层。话虽如此，但这并不能妨碍文学作为革命时期的宣传工具的作用。不过，革命文学仅仅是一种手段，而绝非一切文学活动的妄自尊大的包揽者。换言之，除却此类宣传文学之外，其他文学仍有存在的权利。

新月社的观点遭到了创造社的异议，于后者而言，前者过于关切人民当前所需，是故在一定程度上否认了当世之具体现实。②此种评价并非毫无依据，且在创造社看来，彼时所论之天才并非居于象牙塔内之超人，既然如此，难道他们与其所生存的社会难道就没有最基本的联系了吗？而一旦有所联系，他们就势必要承担社会责任。倘若他们远离群众，那么他们又怎么能够表达现实的社会生活呢？若无具体联系，无人可以厘清现实，继而也就无法将其表达出来了。

许多类似的指责并非没有依据。新月社事实上的确过于贵族气派，过于自由主义了，这种气质至少会在其某些主要代表身上散发出来。一言以蔽之，它对于文学在当时中国所处境况中所扮演的生机勃勃的社会角色并不十分了然。

以下诸君即为新月社活动之主要参与者。

闻一多，1899 年生于湖北蕲水，他曾于新教学校完成中学

①参见梁实秋：《文学与革命》，载《中国文艺论战》，第 422 页。
②同上书，第 255 页。

学业，后赴清华大学学习。清华求学期间，闻一多与梁实秋成为同窗。后赴美国留学，曾于芝加哥美术学院和纽约艺术学院学习。他于芝加哥获得学位，并继续在此进修18世纪文学与艺术。归国后，他与胡适、梁实秋及一班友人共同创立了新月社，创社之宗旨在于向全中国传播西方思想与文学。另外，闻一多首倡新诗。此后，他连续于各高等学府任教：中央大学、国立武汉大学、青岛大学；1931年，任北京大学、清华大学、燕京大学教授。

1937年7月，闻一多与一众友人离开北京，为自由之中国而战。他先赴武汉，后至长沙，接着自长沙赴昆明。赴昆明途中，在极其艰苦的条件下甚至曾步行赶路。此后于昆明任西南联合大学教授。

闻一多以诗歌和文学批评驰名，自1926年始，他就陆续于《晨报副刊》发表作品，其代表作为：《红烛》《死水》等等。

徐志摩，生于浙江海宁。其在中国的高等教育生涯始于沪江大学，终于北京大学。接着，先赴美国，于克拉克大学学习金融；后赴英国，于剑桥大学获政治经济学文凭。此后，他并未归国，而是继续于剑桥研习文学。徐志摩天性爱诗，才华横溢，可谓为纯文学而生，且全身心投入现代诗的创作之中。1922年归国后，他先于北京大学，后于清华大学任教。同年，印度大诗人泰戈尔来华，徐志摩与王统照以官方翻译的身份全程陪同。其后，在泰戈尔的意大利之行中，徐志摩亦随行伴其左右。

1925年10月，徐志摩任《晨报副刊》主编，与梁启超、陈西滢、闻一多、郁达夫、沈从文等人共事。每周二，《晨报副刊》都会为新诗开辟专栏，徐志摩借此推出新诗。其诗作韵律和谐、风格明媚，有别于胡适教化式的和郭沫若厚重强烈的诗歌特点，是故招致了一些敌对者，他们很快将徐志摩定义为风格甜腻的贵族派。

三年后，徐志摩于文坛颇负盛名，故受邀出任各高等学府教授。他离京远赴南方，《晨报副刊》则由瞿世英接管。1928 年，《晨报副刊》因与当局悖行而被政府取缔。

同年，徐志摩与胡适、梁实秋及其他作家一道加入了新月社。1930 年，他重返国立北京大学任教。次年 11 月 19 日，徐志摩由南京乘飞机返京，飞机抵达山东济南党家庄一带时撞山失事，坠落起火。徐志摩与机中所有乘客全部罹难，享年 34 岁。

徐志摩的第一任夫人乃张幼仪，二人于德国成婚后不久便离婚。1925 年，徐志摩于北京续娶演员、画家兼文人陆小曼。

其代表作为：《志摩的诗》《翡冷翠的一夜》《猛虎集》《落叶》《巴黎的鳞爪》《自剖》《轮盘》《卞昆冈》《云游》《爱眉小札》等等。

另有译著：《曼殊斐儿小说集》《赣第德》等等。

徐志摩通常被视为以通俗语言写作的诗人中之最富盛名者，其崇拜者与追随者更不在少数，尤以女性为主。其多情的性格亦自然而然地通过诗词流露无遗。其不少外国友人不约而同地认为与他之间并不存在任何文化差异，足见其深受西方文化影响之深。较其同辈，徐志摩身上更有一种极少见的生气、自主与热情。于北京大学任教期间，他曾深受学子爱戴。从他的作品中亦可留意到他对两性关系的看重与敏感，这种性情在其作品《爱眉小札》中足以得到佐证。《爱眉小札》乃为徐志摩第二任妻子陆小曼在 1936 年为悼念亡夫逝世五周年而出版。对于张资平及当今大多作家而言，两性关系限于肉体关系，然徐志摩之思则更为深刻：他在这种关系中表现得文雅潇洒，有骑士风度，且彬彬有礼，风度翩翩。

遗憾的是，徐志摩在其才情并未全放异彩之时便已英年早逝了。饶是如此，他的反对者亦不在少数，以发扬人道主义为己任的周作人便是其一。周作人对徐志摩之评价极为消极："他的作品确是流光溢彩，然此光彩实乃阳光下之泡沫也。此泡沫远观则七色斑斓，近看却空洞无物。"[1]另一种评价也无出其右："他的作品并无内里，好似空中浮云，随风飘摇。"[2]历史唯物主义者对徐志摩的指责更为严厉，他们直接以"华而无实"来定义徐之作品，并给徐志摩本人贴上了"资产阶级、资本家"的标签。于一定程度上来讲，他们所言非虚。徐志摩确有贵族风雅，且追求唯美。虽然他的部分作品并未忘记要联系社会现实——有其戏剧《卞昆冈》为证——但其思想确是常常流于空泛，略显轻淡，有待升华。评论如潮，然而徐志摩却未能来得及申明自己的立场或详解自己的原则，便已撒手人寰。究其原因，或是时间不足，或是天赋不允，总归对徐志摩而言，终成未竟之事。此未竟之事最终在与徐志摩同时代的吴经熊手中得以完成。吴经熊曾先后信奉基督教和天主教，其性情中完美融合了中国文化与西方文化之精髓，故而在他那里能够实现中国百年以来孜孜以求之理想：在不折损民族传统瑰宝的前提下，以欧洲文明之活水灌溉丰沛中华之文明。胡适、林语堂、老舍等人也曾为实现同一理想而不辞劳苦。但结果似乎并不尽如人意，一来是因为他们从未触及西方文明之内里，而正如我们所言，文明是有别于文化的；二来他们似乎过于依附新的革命和反抗精神，如此便无法公正评判中国传统文化瑰宝之价值了。

余上沅，生于湖北江陵。他曾就读于国立北京大学，后至哥伦比亚大学专攻戏剧艺术。回国后，他曾与徐志摩共同担任

---

①周作人：《中国新文学的源流》，第52页。
②李素伯：《小品文研究》，第136页。

《晨报副刊》编辑，主要负责戏剧艺术部分，并翻译了大量外国作品。后曾长期担任南京国立戏剧专科学校校长。

余上沅之原创作品及译作代表如下：《可钦佩的克莱敦》《长生诀》《上沅剧本甲集》《国剧运动》《戏剧论集》等等。

饶孟侃，生于江西南昌。留美归国后，曾先后于青岛大学、武汉大学任教，尤以新式诗歌、文学批评及译作著称。译作代表为：《兰姑娘的悲剧》等等。

朱湘，1904 年生于湖南沅陵。他曾就读于清华大学，后赴美国密歇根劳伦斯大学攻读西方文学。毕业后，又赴芝加哥进修两年。一经回国便于安徽大学英文系任系主任，但由于严重的神经衰弱，他于 1933 年辞职定居上海，后跳水而亡。他曾于《小说月刊》及《晨报副刊》发表作品，并自 1925 年起与徐志摩及他人共同编辑《晨报副刊》。

其文学评论作品有：《评徐君志摩之诗》《评闻君一多之诗》等等。另有诗作：《夏天》《王娇》《草莽集》《石门集》等等。此外，朱湘另有编译作品留世。

赵少侯，1899 年生于浙江杭州。他曾于国立北京大学专攻文学，此后于多所高校任教：国立北京大学、中法大学、山东大学、孔德学校、北平艺术专科学校、北京女子师范学院。1941 年，加入中华教育总会。1944 年，任河北师范专科学校教授。

作为教授，赵少侯对当今青年一代影响颇深。

他翻译并发表了大量法文作品，包括《迷眼的沙子》《恨世者》《山大王》等等。

杨振声，1890 年生于山东蓬莱。曾就读于哈佛大学、哥伦比亚大学。归国后，曾在国立北京大学、国立武汉大学、中山大学、燕京大学任教。1928 年，任清华学校文学院院长；次年，任该校教务长（同年，清华学校更名为国立清华大学），并于清华任教至 1937 年。日本侵华战争爆发后，杨振声与闻一多并一众友人共同南下，不久后任西南联合大学中文系秘书兼教授。1944 年赴美国入东方研究院。

杨振声自 1920 年前后便陆续于《新潮》杂志各期发表作品，彼时他正就读于国立北京大学，因学业繁忙，故而并不多产。《新潮》杂志于 1924 年更名为《现代评论》，设文化概论、文学、政治、经济、法律与科学专栏。因其前身为《新潮》杂志，杨振声因此得以与罗家伦、丁西林、胡适、陈源及一班故友共同撰文。此一众人中大部分皆是温和主义者，于新式中国之文化危机中保持中立态度。诚然，他们中也不乏如郭沫若、郁达夫这样的极端主义者，但后者于文化境界而言并未达到前者之水平，故而更多的是扮演幕后撰稿人之角色。

1928 年的文学论争中，杨振声尚未加入新月社，他的活动范围也并不仅限于文学领地。但在清华这个新月社熠熠生辉的环境中生存，久而久之杨振声便对他们，尤其是年轻人产生了不容忽视的影响。最后，他亦成为新月社之主要领军人物。

杨振声的典型代表作为小说《玉君》，先于 1924 年连载于《现代评论》杂志，后于 1925 年现代社整编出版。该小说并非因其文学水准，而是因其思想与倾向而备受瞩目。彼时，大半中国现代文学创作都为体现以下三类主题：青年的烦闷、经济的困难、对社会的不满。而杨振声的小说却撇开"为艺术而艺术"与"为生活而文学"之争，将着重点放在了人性之美上。基于此，他温和地拓展了小说创作的主题。然而令人抱憾的是，直至今日，杨振声在这一成就上的继承者可谓寥寥无几。不论是无产阶级文学，抑或新实在论，甚至战争文学都未能实现主题上的跨越，它们或过于消极，或流于空想，总之无法满足人所有的物质与精神憧憬。"杨振声不讽刺挖苦，也不多愁善感，他的作品懂得激发读者对其主人翁的由衷敬佩。"①

梁实秋，1903 年生于浙江杭县。他曾就读于清华大学，后赴美国留学，就读于哥伦比亚大学与哈佛大学。归国后，他相继于光华大学、复旦大学任教授。

1929—1931 年间，在新月社与左翼联盟的激烈论战中，梁实秋支持自己所代表的新月社。

1926 年，梁实秋曾支持胡适在文学革命中的立场，亦从整体上采纳了东南大学学衡派发表于《学衡》杂志的论断。

于哥伦比亚大学和哈佛大学求学期间，梁实秋曾研习当代美国文学史，留意到胡适首倡的文学革命进程多方面参照了美式模板，并发现浪漫主义、印象主义与意象主义乃是经由美国流传至中国的。他在其 1927 年出版的书中就"浪漫主义与古典主义"如此评论道："现代中国文学不应有新旧之区分，而应做异国与中国之区分，因为中国正历经与外国文学相同之变迁。"

哈佛求学生涯使得梁实秋有机会聆听托马斯·斯特尔那斯·艾略特教授关于同一论题之论述："若无旧日伟大传统之昭示，今日之生活必将空无意义、枯燥无味。若每代人都要重燃而非继承过去几千年世代相传之薪火，吾辈之明日又将去往何处？"②艾略特欲与文学现实主义——抑或自然主义，以及空想浪漫主义划清界限，回归古典主义。于他而言，只有立于古典主义基石之上，方可造就符合人类天性的、完善丰满的作品；而在浪漫主义旗帜的引导之下，产生的则是零七八碎的、转瞬即逝的、

①王哲甫：《中国新文学运动史》，第 164 页。

②泰勒：《美国文学史》，美国图书公司，1936，第 434 页。

混沌不清的、不切实际的作品。

在这一点上，艾略特也深受其导师欧文·白璧德及保罗·埃尔默·摩尔的影响，梁实秋、吴宓及众多中国文人都自称后二人之追随者。

白璧德与摩尔揭露浪漫主义之不足，以申明人类生活之真谛。二者坚信文学与哲学应以文化传统之价值为评判基准；并认为只有在基督教传统中，在文艺复兴的伟大作品中，在莎士比亚、歌德以及希腊大思想家苏格拉底、柏拉图、亚里士多德等先贤身上，方可触及文化之肌理，如此方为真正文学之基石也。沐于前辈先贤的思想光辉之下，理当勉力争取，于自我内心形成评判生活与艺术的新基准。

在此原则指导之下，一众文人主要将关注点置于脱离某时特定情况的"人"的身上，故而好似忽略了当时当下之需要。梁实秋也正是在此论点上与以缥缈的空想主义为基础的创造社及支持社会现实主义的语丝社展开了直接论战。

古典主义者之理想——亦是梁实秋之理想——乃是"健康的、道德的、均衡的生活，它必能衍生出同样健康的、道德的、均衡的艺术"。[1]

中国之创作亦应融合中国传统，所创之新文学亦应完备以上所述之种种品质。

1932 年，梁实秋受神父雷鸣远之邀出任天津《益世报》副刊《文学周刊》之主编。

梁实秋之译著与代表作为：《浪漫的与古典的》《骂人的艺术》《西塞罗文录》《威尼斯商人》《职工马南传》《文学的纪律》《偏见集》《幸福的伪善者》《阿伯拉与哀绿绮思的情书》等等。

---

①泰勒：《美国文学史》，第 437—439 页。

吴宓，1894 年生于陕西泾阳。于哈佛大学文学系毕业后，吴宓赴牛津深造。归国后即赴南京，于东南大学任教授；后赴沈阳，于东北大学任教授。

1925 年，吴宓先后于清华大学、燕京大学任教，并与梁实秋一道参加新月社活动。1932 年，于北平师范大学任教授。1936 年，于北京大学任教授。

白璧德曾断言，文学与道德之间存在本质联系。吴宓于哈佛求学期间接触到白璧德的人文主义与古典主义学说，成为其追随者。

胡适及其他文学革命中的作家都曾否认传统旧文学之地位，而吴宓则致力于恢复旧文学在中国文化整体中之地位。

吴宓亦曾一度担任《学衡》主编，并主要以文学研究著称，如《白璧德与人文主义》。

陈衡哲，笔名莎菲，生于江苏武进。任叔永之妻，胡适之同窗友人也。她先在北京就读于清华大学，后赴美国就读于瓦萨女子大学，于芝加哥大学获文学硕士学位。1920 年归国后，任国立北京大学西洋史及英文教授，其夫任叔永则于北大讲授化学。1922 年，夫妻二人共赴南京，于东南大学任教授。1926 年，二人赴夏威夷游历，次年回北京，继续于国立北京大学讲授西洋史。

自 1918 年起，陈衡哲便开始陆续于《新青年》上发表诗歌、短文与随笔，初显文学天赋。1928 年新月书店出版的短篇小说集《小雨点》乃其最负盛名之作。然而陈衡哲完成了多部历史学著作，她更多地是以历史学家的身份为人所知。

九、《语丝》周刊、语丝社

　　1920 年后，中国于政治、民族、国际、经济、社会、军事及宗教等领域皆陷入前所未有之艰难危机。知识与文学界亦难逃此厄：以塑造民族知识之精髓、传递新文化之火炬为己任的新月社，也显现出资产阶级式萎靡，陷入个人主义和斯宾塞式的自由主义之中去了。与此同时，激进的创造社成员在其理想主义和浪漫主义的驱动之下选择了参与战斗。他们想要斩断艺术与道德的关联，削弱艺术与生活的联系。总而言之，他们抛却了一切羁绊，一头扎入悲观文学中，扎入色情文学中，扎入道德与社会反叛中去了。最终等待他们的只能是困顿绝望和尼采式的自取灭亡。另有一些人，譬如郭沫若，他们成功逃过此劫，转身踏入无产阶级的、排他主义倾向的文学阵营之中。彼时，只有文学研究会仍旧坚守理想，尽管其本身已然是气薄力微、疲态尽显了。

　　眼看新文化运动只进行了寥寥数年便有大厦将倾之势，为实现复兴，周作人联合其兄鲁迅于 1924 年成立了语丝社，并创办了《语丝》周刊。周作人以开明（或凯明）为笔名，领导语丝社活动。其宗旨与 1921 年成立的文学研究会或多或少具有相似之处："吾辈并不直接插手政治或经济，只愿驱散那窒息中国思想与生命的混沌惨淡的阴云。吾辈之思想可能并非完全相同，然皆愿组建那对抗当下之偏见与恶习的统一战线。吾辈心之所向，但求恢复思想之真自由、个人判断之独立——个人判断理应建立于真实与诚挚之上；但求还生命以蓬勃朝气，一扫今日混沌胶着之状态。"[1]

在 1929 年 12 月出版的一篇名为《我和语丝的始终》中，鲁迅回顾了《语丝》周刊的创办历程：《晨报副刊》的时任主编拒绝刊登鲁迅的一篇文章，鲁迅的好友孙伏园从中斡旋未果。于是，孙伏园便于《晨报副刊》编辑部离任，并与鲁迅和周作人一道创办了新刊物《语丝》。《语丝》的另外两位编辑为川岛、李小峰，后者不久便取代孙伏园成为刊物主编。1927 年，《语丝》周刊于北京被张作霖查封。

后李小峰向鲁迅建议续办《语丝》，将编辑部迁至上海，由鲁迅任主编，得到鲁迅首肯。此后，《语丝》周刊陷入了几年困境：先因见责于当局而在浙江被查封，后陷入与创造社之论战。1929 年，饱受纷扰的鲁迅决定辞职，却遭到李小峰反对。二人最后达成共识：鲁迅可以离开，但必先寻得一位接班人方可。鲁迅寻得的接班人乃柔石，然而柔石只在主编一位上任职了六个月。此后，《语丝》举步维艰，最终于 1930 年停刊。

语丝社的创办者大多宣扬人道主义文学，然其参与者中亦有其他见解不同者，除文学革命的先导者胡适不在其列之外，顾颉刚、钱玄同、徐志摩，甚至林纾等人皆位列其中。

1928—1929 年乃《语丝》周刊最为艰难、变数频生的两年，也是第二文艺论战进行得如火如荼之时。语丝社一方面与创造社和太阳社，另一方面与新月社展开了激烈论争。

他人皆指责语丝社的多名主要成员言语带刺、无同情心，鲁迅 1930 年前一直担任语丝社首脑，彼时更是成为众矢之的。林语堂、老舍、张天翼等其他作家皆受责难，他们一无鲁迅之

---

①阿英编《史料·索引》，第 112 页。

精神气魄，二无其权威赤心，故只能强调善于讽刺乃语丝社独一无二之特质，并美其名曰"语丝的冷嘲热讽"。如此一来，更使得论战持续升温。

彼时，创造社极其倾向共产主义，新推革命文学，欲借此取缔一切与其理念不合之文学形态，故而其与语丝社之交锋尤为激烈。

语丝社之文人亦坚信深刻的社会变革乃迫切需求，然而他们并不认同创造社和革命文学之浪漫的乐观主义，这一主义妄图将世界变为人间天堂。于鲁迅及其志同道合者而言，革命势在必行，然一旦革命，必有无数流血牺牲，是故革命谨乃走投无路之举。他们更愿上下求索，寻一人道之法解决危机。但在他们的反对者眼中，如此优柔寡断，实为胆怯软弱。

语丝社志在于文学领域为自由而战。"竞争抑或比赛，都是自然发端于自由的，二者只会提升文学之价值。于作家而言，自由乃首要原则。"他们以19世纪俄国大作家巴枯宁和托尔斯泰等人为例，来强调这一原则。以此为例，并非欲借此为共产主义正名，而更多是出于对此众作家之同情。

原则上，语丝社众并不反对，甚至支持革命，他们亦不反对革命文学。他们所不赞成的，乃成仿吾、郭沫若及创造社所代表的严格绝对的排他主义。后者对厄普顿·辛克莱提道："一切的艺术都是宣传。这一定义的范围在一定程度上仍可扩展，因为一切笔头上的思想交流都或多或少带有宣传性。但若因此而认为一切不是宣传的东西皆应被排除于文学阵地之外，认为文学只可作为阶级斗争与革命之武器，那便不合逻辑了。文学只在表达人类生活时方才是宣传，但若因此而欲将一切人类生活皆归为阶级斗争，那便荒诞无稽了。若按此无理逻辑，那么莎士比亚、歌德、但丁、弥尔顿岂非不是真正的文豪吗？而即便如此，我们也无法据此断言他们就是无产阶级的宣传者。"鲁迅也在这场争论中言明了自己的立场："我以为一切的文学固然是宣传，而一切宣传却并非全是文学……先当求内容的充实和技巧的上进，不必忙于挂招牌。"

另一方面，语丝社亦认为文学不可与真实的社会生活相分离，故而语丝社在此与梁实秋及新月社之观点不谋而合。鲁迅再次明确解释了语丝社之思想："文学应反映完整的社会生活，是故文学不应只是革命的。文学固然将带有革命之印记，只因其反映的乃是为革命精神所鼓动的现时社会。"

然而语丝社文人本身之思想却并不符合逻辑。尽管他们承认文学应与人生步调一致，但却从无一人发现解决人生本质问题之真正良方。他们亦意识到自身之不足，故而他们犹疑不定，被其反对者称为胆怯软弱之徒。而这些反对者是找到了解决办法的，尽管这些方法于正直诚挚的语丝社成员而言是错误的、行不通的。

以上所述即是鲁迅自其文学生涯伊始便始终坚持之立场。他从未宣扬"要进行革命"，亦不曾鼓吹"文学应是无产阶级的"或"只有无产阶级才能发动革命"。但不可否认，他是同情人民的，他设身处地为民请命，他创造出一种泪中带血的文学。[1]但是他不愿仅替某一阶级之人民发声而无视其他阶级，他始终坚守人道主义，欲为社会各阶层呐喊。于是，他始终在艰难困苦之中为新一代人谋求新出路。

鲁迅始终未能找到恰当解决人生问题的方法，亦不曾为人民指明前路。有时他似乎隐约觅得远处前行之方向，然而他自己也尚存疑窦。他曾坦陈："世上本没有路，走的人多了，便变成了路。"可见，这位文学大师始终保持一颗赤诚之心，始终

---

①参见《文艺论战》，第63页。

能够正视自己的无知。林语堂、张天翼、老舍等语丝社其他成员则报持一种怀疑与讥诮的态度，饶是如此，他们亦无法掩盖其自身的犹疑不定。

一言以蔽之，鲁迅在一定程度上认为，立足于物质主义的文学绝不可能被看作真正的文学，因为文学所依赖的不是物质的供给，文学以人生之全部为背景。在反对共产主义之物质主义时，鲁迅的解说更为深刻："一种人仰赖以物质供养为目的之政体而生存，另一种人仰赖那些大诗人所赖以生存之政体而生存，此二类人并无区别，后者甚至并因此而成为大诗人。造就艺术家的归根结底乃精神的生活，而精神的生活与物质的东西无关。将一位作家划归某一明确的阶级乃轻而易举之事，然而对于其作品的划分我们则无能为力，因其作品并非该作家所处阶级之影像，而是该作家自我的表现，但这种自我并不以物质来分门别类。"于鲁迅而言，共产主义之首要论点在于将一切社会问题归结为经济问题，一旦经济问题被解决，那么就会实现天下大同。从社会学的角度来看，这一设定并不正确；若从文学的角度来看，这一设定就更无道理了。历史足以明证，出身穷困，但作品上乘的作家并不在少数。文学世界并不仅仅包含经济与物质，其内核乃超脱物质之存在：精神的生活、内在的天赋。只有它们才可创造出真正的文学。

总之，1928—1930 年间文学论战之焦点，以及语丝社之立场可归结为以下几点：

一、依创造社之思想，世界可被分为两大阶级：革命阶级与反革命阶级，抑或资产阶级与劳苦大众。此二者之斗争以及无产阶级之最终胜利乃解决一切社会问题之出路。

于鲁迅与语丝社而言，此种分类过于简单，并不正确。他们认为创造社实则将世界分为了支配阶级与被支配阶级、煽动者与被煽动的盲目的人民。

二、语丝社指责创造社混淆了"自我的表现"和"个人主义的文学"这两种概念："自我若不是一堆死东西，他当然不能离开社会，当然不能不受现代思潮的影响。"故而当一位有分量的作家表达自我时，他实际上亦是在为其民众及其时代发声。文学的确直接表现作家之自我，但文学亦影响着社会大众，反之亦受社会大众之影响。

此外，只要文学真实诚挚，那么文学之自我实乃人生之反射也。

三、最后，语丝社反对新月社，认为倘若某一作家所用之语言晦涩难懂，其所述之思想仅可为少数知识分子所理解品评，那么他的文学实乃个人主义之文学、无视社会之文学。

1929年，创造社遭政府取缔；1930年，中国左翼作家联盟成立，文学论战告终。此后，《语丝》周刊江河日下，终于1930年停刊。周作人继而创办《骆驼草》，但维持了仅仅一年后，也于1931年停办。

语丝社主要成员如下：

徐旭生，又名徐炳旭，生于河南唐河。曾于巴黎大学留学，归国后于河南欧美留学预备学校任教。后受聘于国立北京大学，任教务长，同时担任中瑞西北科学考察团中方团长。1925年，徐旭生被当局解职。1929年，任北平女子师范学院院长，但于次年辞职，仅任国立北京大学荣誉教授一职。1941年重归讲坛，任东南联合大学教授。

徐旭生的多部作品被译为外文，代表作为：《你往何处去》《徐旭生西游记》《教育罪言》等等。

刘复，又名刘半农，1891年生于江苏江阴。曾于上海一家出版社担任翻译，后于1917年成为国立北京大学预科课程教授。随后几年，刘复积极参与文学革命，并参与编辑《新青年》杂志。自 1920 年起，任职于《小说月报》。此后不久便解除一切职务，赴法国于巴黎大学继续学业，并获得文学博士学位。回国后先后任北京大学、辅仁大学教授，北平大学女子文理学院院长。刘复曾陆续于《语丝》周刊发表大量诗作、译作及文学评论，同时期亦完成了大量语言学研究。

1934 年，刘复入绥远考察地区方言，不幸染上"回归热"病，于北京洛克菲勒医院逝世。

刘复著有诗集：《瓦釜集》《扬鞭集》。译作有《失业》《猫的天堂》等，这些译著足以证明刘复在文学上的现实主义风格。

钟敬文，1903 年生于广东海丰。毕业于陆安淮师，后于浙江多所高校任教授。曾于上海文学研究会创办的《文学周报》发表文章，《语丝》周刊创办后，钟敬文积极撰稿发文。自 1927 年起，为顾颉刚领导的民俗学会撰稿。

钟敬文之代表作品为：《狼獐情歌》《西湖漫拾》《荔枝小品》《湖上散记》《蛋歌》等等。

钟敬文专于大众文学，其作品带有明显的大众文学色彩。"其作品之文学价值不容置疑，其表述简洁沉稳，无激烈言辞，无伪饰亦无过多缀染，正直而有滋味。此一点上，颇有周作人之风。他自己亦承认受周氏之影响，并非有意模仿。其风格更为自由，然较周氏而言亦稍显清浅……其简洁之风虽属难得，然未免有影响有力表达与作品完善之嫌。"①

孙福熙，浙江绍兴人氏，文学家、画家，孙伏园之弟，《语丝》周刊之编辑。曾于法国留学，归国后先于杭州国立西湖艺术学院任教授，后于 1941 年任新华艺术学校教授。

---

① 李素伯：《小品文研究》，第 179 页。

其代表作为:《三湖游记》《春城》《北京乎》《归航》《山野掇拾》等等。其中《山野掇拾》完成于法国,对古老的欧洲大陆,尤其是对法国及其风物民俗、乡野生活进行了描写。

赵景深,1902年生于浙江丽水,中学时期就读于天津南开中学,此后便结束了其读书生涯。他很早便涉足文学领域,写作水准日益精进,加之个人努力,最终于文学界颇有盛名。自1923年起便屡为《小说月报》及《文学周报》撰稿,自1925年起开始于《语丝》周刊发表文学作品。

赵景深之执教生涯始于中学,后转入湖南省立第一师范学校任教,继而先后于复旦大学、中国公学、上海大学任教,期间同时为开明书店和北新书局撰稿。

其主要作品包括译著(主要翻译契诃夫作品)、文学与教育研究等,代表作为:《栀子花球》《漂泊》《失敬》《烧饼》《行路难》《失恋》《苍蝇》《晨气里的婚礼》《轻云》《铜壶玉漏》《梨花》《海棠与梨花》《红肿的手》《枪声》《婶婶的儿子》《荷花》《天鹅歌剧》《芦管》《罗亭》《月的话》《皇帝的新衣》《小妹》《蓝花》等等。

冯文炳,常以笔名"废名"见闻,1901年生于湖北黄梅。1925年于国立北京大学任教授。

其代表作为:《竹林的故事》《桥》《桃园》《莫须有先生传》《枣》等等。

于现代文学评论而言,冯文炳乃1924年前后最流行作家之一。"冯氏是以他的文字的风格见长的,用十分单纯而合乎所谓'口语'的文字,写他见到的农村儿女的事情。他所写的人物,皆充满了和爱诚挚,以信爱相交,所以读者很爱读他的作品。"[1]

---

[1]王哲甫:《中国新文学运动史》,第162页。

王统照，生于山东诸城。1922 年执教于中国大学，次年起任文学研究会各报刊——《小说月报》《文学周报》《语丝》——之撰稿人。1924 年泰戈尔来华期间，与徐志摩、瞿世英随行陪同。1925 年后，王统照基本停止了一切文学活动。

王统照之作品常以男女自由恋爱为主题，他善于描写生命之繁复无常，并将其归因于社会体制和道德习俗，以此特有之方式表达 1920 年后新文化之走向。然其哲思于其某些小说中——尤其是《黄昏》和《一叶》——所占比重过大，其写作技巧亦过于考究，以致他人读来甚为艰涩。赵景深言其作品"肉多于骨"，意指其过于看重语言表达，故而常陷于造作。简而言之，王统照之短暂成就可谓昙花一现，主要原因在于他过于追求现时现世了。

王统照先于《小说月报》发表了两部小说，分别为《一叶》《黄昏》。其最著名之诗集为《童心》，于 1925 年由商务印书馆编入《文学研究会丛书》。另有小说集《春雨之夜》，于 1924 年由商务印书馆出版。

许钦文，生于浙江山阴，曾长期于杭州任教。最初在《小说月报》和《晨报副刊》发文，亦是《语丝》之忠实撰稿人。许氏乃鲁迅同乡，于文学上亦仿效其社会现实主义风格，是一名多产小说家。其作品包括：《故乡》《毛线袜及其它》《回家》《赵先生的烦恼》《鼻涕阿二》《幻象的残象》《若有其事》《仿佛如此》《蝴蝶》《西湖云月》《一坛酒》《短篇小说叁篇》等等。

王衡，尤以笔名"鲁彦"见闻，生于浙江镇海。文学研究会成员，曾于《晨报副刊》《小说月报》，尤其是《语丝》周刊发文。

王鲁彦之成名作为《柚子》，该作先发表于《小说月报》，后单独整编出版（北新书局，1926 年）。其作品颇具文学价值，然文风抑郁感伤，对悲观反讽之运用颇有鲁迅之风，令人忆及

《阿 Q 正传》。在《柚子》一作中，鲁彦描述了一位死刑犯行刑之场景，更生动刻画了如此血腥场景下一众质朴而冷漠的好事群众之形象。

王鲁彦被划归为社会现实主义、悲观主义、感伤主义、批判所生存之社会一类作家行列。[①]

其原创作品另有：《黄金》《童年的悲哀》等等。

王鲁彦紧随文学研究会之人道主义潮流，努力引外国文学，尤其是弱小民族文学，后者更接近其时社会之总体精神。其译著包括：《世界短篇小说》，此译著收录了如库普林、西毕良科、康德拉辛科、普鲁斯、希尔欧仁鲁斯基等众多俄国作家之译作。另有译著《世界的尽头》；译雷蒙特、普鲁斯、图格拉斯、涅米罗夫、契诃夫等作家的九部小说；另译德国作家沙米索作品《失了影子的人》、俄国作家果戈理作品《肖像》、波兰作家先罗什伐斯基作品《苦海》、法国作家拉姆贝尔作品《花束》等等。

在 1927 年出版的第 18 期《小说月报》上，茅盾曾刊登了一篇关于王鲁彦的完整研究。

黎锦明，1906 年生于湖南湘潭，黎锦熙之弟。先于文学研究会各期刊杂志发表作品，并为《东方杂志》撰稿。自 1925 年起，几乎倾全部精力于语丝社之活动。此后，对后期的创造社表现出一定兴趣。

"黎氏的创作，承鲁迅的方法。他写恋爱的小说，也含着讥讽的成分。1925 年后，他的作品明显倾向于革命文学，但富于幽默而缺少热力，故不能生很大的影响。"[①]

其代表作品包括：《尘影》《破垒集》《烈火》《琼昭》《雹》《蹈海》《一个自杀者》《马大少爷的奇迹》《献身者》等等。

---

①参见王哲甫：《中国新文学运动史》，第 162 页。

汪静之，1902 年生于安徽绩溪。先于上海任暨南大学教授，后赴南京任国立南京大学文学院院长。自 1918 年起，渐以新派诗人身份为人所知。1925 年后，逐步转向小说创作，然其小说仍富诗气。其作品多以爱为主题，主要诗集有：《蕙的风》《寂寞的国》。著有小说：《耶稣的吩咐》《父与子》《翠黄及其夫的故事》。此外，他亦有多篇有关古代诗歌研究之作。

章衣萍，又名章鸿熙，1902 年生于安徽绩溪，毕业于国立北京大学。与鲁迅、周作人共同创办《语丝》周刊。1926 年于北新书局出版诗集《情书一束》，并以此蜚声文坛。

章衣萍另著有诗集《深誓》，此诗集于 1925 年出版，后又更名为《种树集》再版，著作有：《樱花集》《青年集》《倚枕日记》《窗下随笔》《衣萍小说选》《衣萍文存》《随笔三种》《古庙集》《小娇娘》等等。

章廷谦，尤以笔名"小岛"见闻，鲁迅之同乡，1901 年生于浙江绍兴，毕业于国立北京大学。自 1925 年起便积极为《语丝》周刊撰稿；1920 年任国立北京大学校长办公室外交秘书；1936 年任北平大学女子文理学院教授；1941 年任西南联合大学秘书。

林语堂，1895 年生于福建龙溪。曾于上海圣约翰大学学习文学，1916 年毕业后赴北京，于清华大学任教至 1919 年。同年，赴美国就读于哈佛大学，后获得硕士学位。继而游历法国，后赴德国，于莱比锡大学学习至 1923 年，并获得博士学位。归国后，任国立北京大学、北京女子师范大学教授。1926 年，与另四十六名教授被北方政府定为可疑分子，故离京至厦门，于厦门大学任文学院院长。1927 年，武汉政府任命其为外交部秘

①王哲甫：《中国新文学运动史》，第 162 页。

书，林语堂任职不久便辞职赴上海，一心经营《论语》《宇宙风》等刊物。几年后再入官场，仍于外交部任职至今。

林语堂从人种学之角度看待社会问题，对社会问题及国际政治尤为感兴趣，故而亦曾多次为《纽约时报》撰稿。其英文水平与母语无异，因此不少作品先以英文作就出版，而后才被自己或他人译为中文。林氏极具幽默天分，于中国文坛创造了一种新式文风，被称为"幽默大师"，可谓实至名归。

除英文作品外，林语堂之中文著作包括：《女子与知识》《吾国与吾民》《京华烟云》《剪拂集》《新的文评》《大荒集》《生活的艺术》《孔子的智慧》。

林语堂以对中国社会和对其所处环境的批判而闻名，于此一点上，他可谓是追随了鲁迅之足迹。然而相较鲁迅而言，他少了悲伤辛辣，是故不那么深刻，反倒更显高傲。另因在新教环境下长大，林语堂对基督教十分熟稔，但从其作品中又可以窥见，他并无深入探寻基督教教义之考量。莱比锡求学期间，于追求美学与先验论的环境下受到人种学之浸淫，又使其产生怀疑宗教教条之思想。故而他仅从人种学与美学之角度考虑宗教问题，并始终抱有旁观者之理性科学态度。他无法摆脱物质主义和实用主义的实证论，是故无法深入探究宗教与生命之内在联系，亦无法掌握宗教施于人类精神之影响。这些哲学思想为其揭开了有关人类道德与社会生活的面纱，显露出真实的、非物质的、抽象的一面。因此在面对宗教、祖国或社会问题时，他方才表现出某种冷漠与傲慢情绪。

舒庆春，尤以笔名"老舍"见闻，1899 年生于北京，满族。曾就读于北京师范学校，后于北京、天津两地任中学教师。1924 年赴英国任伦敦大学东方学院汉语讲师。期间他有机会近距离接触英国思想，了解欧洲人对中国人之态度，聪慧如他，不难发现某些外国人对中国及其人民之轻蔑态度，从其作品注释来看，老舍对此必深感愤懑。

赴英不久，他著有长篇小说《老张的哲学》，先于《小说月报》连载，后整编出版。此作品表达了对当前家庭与社会缺陷之讽刺，从中可见老舍受鲁迅《阿Q正传》之影响，然其水平仍未及鲁氏之精深。同时期发表长篇小说《赵子曰》，以幽默语气批判了北京的大学生活。另有长篇小说《二马》，讲述了马氏父子二人于伦敦的生活与冒险。相较前两部作品，《二马》更好地体现出老舍敏锐的观察力。他以其惯有之鲜明手法，借此作深刻反映了英国人对中国人民之态度，同时对新教牧师进行了毫不留情的批判。

老舍于1929年离开，后于新加坡旅居半年，期间开始创作《小坡的生日》一书，讲述了中国小男孩小坡生活在新加坡的点滴趣事。他以此作品清晰再现了儿童的内心世界，令人忆及利希滕贝格之作《我的小托》。另著有《牛天赐传》，讲述了一名被好心人家捡到收养的孩子的故事；短篇小说集《老字号》；长篇小说《大明湖》，原稿毁于1932年"一·二八"事变之战火中。

回国后，老舍赴齐鲁大学任教。近年，其文艺活动以现代戏剧为主。1946年3月，受邀赴美讲学。

老舍同林语堂、张天翼、李健吾等一道，被归入幽默作家之列。尽管并不似林语堂一般博学好艺，然老舍更浑然天成、洞察入微，其语言风格亦更自然清新，贴近白话。

中国作家对老舍之评价颇高："老舍乃现代作家中之最佳讲述者。作家大多因受一时一事之启迪而创作，故而仅得随笔或短篇小说，而非鸿篇巨制。老舍则不然，其创作思路甚宽、眼界甚广，所创之情节走向亦可随其所愿，且自然不矫作。若说其叙事之手法承自狄更斯一派，亦属可能；然其所承更多者，乃狄氏小说独有之幽默风气。老舍欲紧扣现实生活，然其作品不乏尖酸辛辣之嘲讽，故偶尔会令其与自身风格相背离。此一点在《赵子曰》中深有体现，其讥讽之特点远盖于幽默之上。可能也正因如此，其长篇小说尽管读来深有趣味，然并不能给读者以长期之印象。"①"在其新作《赶集》和《樱海集》中，老舍表现得少了讽刺，多了简洁、深入与真实。"②

张天翼，生于南京。1928年因发表短篇小说《三天半的梦》见闻；后于1931年相继发表《从空虚到充实》《二十一个》，并以此被列入林语堂及一众作家所属之幽默派一列。张氏主要以儿童文学作品而闻名。

其作品还包括：《一年》《小彼得》《移行》《蜜蜂》《鬼土日记》《反攻》；抗日战争期间发表作品《华威先生》《新生》等等。

胡风对张天翼整体评价道："张天翼欲舍弃旧形式之影响，此'旧形式'是指感伤主义、个人主义、颓废的悲观主义以及一切衍生自理想主义的浪漫主义形式。他意欲开创一种新形式，通过观察其周遭，与现实保持联系，以个人的方式将其所见所闻融入作品之中。他不但要观察，而且要将其自身观察所得亲自展现于读者面前。于他而言，实际观察理应为表达个人观点之本源，是故他往往会探寻个例来作为是否提出论断之前提。"

新文化运动初震刚过，政治、社会与宗教之解放必然导致道德秩序混乱，不少文学家皆开始诚挚表达对此混乱之忧虑。他们揭露社会与人心之败坏，并时常强调人心不古，甚至对自身、对世界皆产生失落不满情绪。当中多人又以自己在面对威

①参见常风：《弃馀集》，新民印书馆，1944。
②朱自清：《你我》，商务印书馆，1936，第198—208页。

胁未来之风暴时"不够忘我，不够热心"为由替自身辩护开脱，并表示当前亟须彻底转向，另觅佳径。

张天翼以尖锐猛烈之手法揭示了这场抗争与焦虑，将这历史转向之际的生活真面目展现得淋漓尽致。[1]在他笔下，一方面体现出物质主义与共产主义之解决方案；另一方面又展现出受文人们勉力保卫的人类文化，尽管这些文人距离现时社会之需求远之又远。他们虽懂得以温和的方式喟叹可悲的人类天性，并有志成为传统的守护者——尽管这种传统正在消逝，其根基也已然腐朽——但他们缺乏倾听当下现实的耐性和热情，更无法将当下现实参透看穿。

处于此种进退维谷之境地，张天翼声称自己到了一条新的出路，并将其命名为"现实主义"。他参照罗曼·罗兰的名言"生活是一场游戏"，提出"生活是一场戏"，对一切生活价值皆持冷漠或怀疑态度。在他那里，理想主义遭到否决，道德主义亦毫无意义，人之所有虚妄憧憬皆荒唐至极；展现于人前的生活虚幻空洞，滑稽可笑，矛盾重重；父母之爱纯属演戏，只会束缚子女之自由。只是现时社会不允许人们冲破桎梏，它带着怜悯的微笑告诉世人"一切本该如此"，这是所有人都乐见的，如此便可稍感心安理得而已。爱情也只是一场荒谬戏剧，只是演绎起来令人感觉无比重要而已；社会上所有人"往上爬"的雄心也愚蠢得很，因为这往往是悲剧与不幸的源头。是故，必须冲破一切羁绊，至少于内心获得自由，方可在直面一些虚幻的社会信条之时保持真正的自由身。

对世界与人持有如此之观点，使得张氏之表述时常表现得过于简单甚至幼稚。他经常作无依据甚至不真实之设想，以此

---

①参考常风：《弃馀集》，第16页。

得出之结论亦不甚可信。此等行文或可迷惑部分读者，然而却无法说服行家里手。

张氏对人物精神状态之描述亦不够充分，只选用简短几行，以期达到既定之目的，但往往会因此明显失掉真实意义，尽管其自身仍以现实主义自居。此外，他想要刻画真实世界，给出对于这一世界的个人意见，然其自身却一直置身于这一世界之外。读其作品通常给人以如下感觉：一人高高端坐于宝座之上，面带无礼、讥讽、冷漠笑容俯瞰远处之人，毫无任何同情心。

张天翼自称现实主义者，只愿了解对其而言有意义之生活，而非物质性现实、美学之精并不能触动其分毫。对于道德生活中的一切他始终以一条实用主义原则应对："本该如此。"但有时他却不能随其本心，无法坚守这种虚幻的态度。每当进行大悲大苦之描写时，每当文学创作的激情无法抑制时，他便不受控地表达出自己在面对最深层的人生问题时的忧虑、痛苦，抑或其他一切心理状态。他的内心因此而十分不安，他呐喊道："若这世上只存在所谓的灵魂该有多好！"这是一声出自人类天性之呐喊，可谓歇斯底里，但却空泛无定，濒于绝望，与其他对过去失望不已、对新思想半信半疑的同辈人一般无二。

胡风是这样评价张天翼的："对儿童生活的深切理解和对每位人物语言特征的艺术性描绘使其为儿童文学注入了一股新流，但我们仍旧希望他能够抛却病态的讽刺，能够打开眼界，以更为智慧的眼光审视各种具体的生活形态，创作出更值得品味的'现实主义'作品；以更为广阔的思路，拯救青年一代读者于愤懑和混乱之中。"

"他已然窥见现时生活的真正价值之所在，感知到其苍白、荒唐、罪恶与讽刺，并将这一切赤裸再现于读者面前，对此他理应受到嘉许。然而他也应该明白自己打量生活之角度过于偏狭，与生活之距离始终过远，他不懂得与世界相容，反而离其越来越远。他应该明白艺术家之使命并不仅限于向观众展示一幅画作或一个真相，而应该兼具聪慧、意志与真心，借此融入世界、深探人性。艺术家不可以既定思维看待或评判生活，反之，他应该正如现实所呈现的一般去刻画生活，从中发掘至真至善之热情，并将其传递给受众，继而令他们萌生新的思路。如此方为所有作家所应在具备之思想情感，他们在认识和表达生活之时，理应怀揣热忱与同情。"

黄英，尤以笔名"庐隐"见闻，福建人氏。毕业于北京女子师范学校后，相继于北京师范大学附属中学、北平公立女子中学、上海工部局女子中学任教。后于上海难产而亡。

庐隐是受新文化运动影响的、追求思想自由解放的作家。她将所有希望寄托于自由的恋爱与婚姻，但也正是这些希望将她引向了失落与孤独，甚至悲观主义。她虽是一位热衷描写两性间强烈爱情的作家，但她对于同类人所受痛苦磨难之同情，使其更具人道主义精神，如此又为其作品开拓出另一番境界。单以文学家身份而论，庐隐或在谢冰心之下，而若再论其他，庐隐则远居于后者之上。①

自 1920 年起，庐隐陆续于《小说月报》和《文学周刊》发表作品，开始了其文学生涯。《海滨故人》是其第一部出版之作品，1925 年由商务印书馆印发。于中国评论界而言，此作品乃庐隐之代表作也。该作品讲述了五个已经度过童年的女孩子开始认识生活的故事，她们怀抱伟大的梦想，投入到新文化运动的大潮之中，并准备为女性解放、对抗传统而牺牲一切。她们陆续

①参见王哲甫：《中国新文学运动史》，第 146 页。

获得了自由的爱情与婚姻，正值心满意足之际，却又陷入彷徨。她们对自己的社会理想开始绝望，最终变成了悲观主义者，只能在内心竭力追求无处可觅的和平与安宁。

在这部作品中，庐隐所述实为其个人青年时期之思想，对此她本人亦曾亲口承认。[1]她浪漫主义的热情使其无视生活的真正价值，正如周作人谈郁达夫时所言，借来描述庐隐亦甚贴切："她视作食粮的实际上只是鸦片而已。"她最终陷入失落，无力亦无人助她从一个更公正的角度去重树生活的信念。其精神生活遭受到现实猛烈残酷的重创，终以支离破碎宣告完结。死亡——除了这条黑暗幽径外，她无法想到其他出路，生活对其而言只是一场哀伤的悲剧，人置身其中，想要获得片刻欢愉，而这短暂欢愉过后，只是更凸显了生活之愁苦而已。

相较其作品中的伤感情绪而言，她自身的性情甚至更为压抑，她所呈现的自己好似一心索求幸福与真实，然而却屡屡落空。读其作品不禁让人想到《圣经》中有一言："他们为自己凿出池子，但却是破裂不能存水的池子。"她喊道："彷徨失望，无论在什么地方，我只是彷徨着啊。"然而她亦无法压制自己内心对安稳与真实的渴望，她对上天祈求："我在世界上不过是浮在太空的行云！一阵风便把我吹散了，还用得着想前想后么？假若智慧之神不光顾我，苦闷的泪水永远不会从我心里流出来啊。"[2]

她被迫为自己解决人生之重大问题，这是一场与谬误黑洞中那被缚之灵魂的抗争。对此，她以一种近似圣保罗致罗马人书之口吻说道："最不幸的是接二连三，把我陷入感情的漩涡，

---

① 参见黄英编《现代中国女作家》，北新书局，1931，第45—89页。
② 同上书，第64页。

使我欲拔不能！这时，一方又被智识苦缠着，要探求人生的究竟，花了不知多少心血，也求不到答案，这时的心彷徨至极点了，不免想到世界就是找不出究竟来，人间又有什么生的价值呢？努力奋斗又有什么结果呢？……唉，这时的我，几乎深陷堕落之海了。幸一方面好强的心得占势力，当我要想放纵性欲的时候，他在我头上打了一棒，我不觉又惊醒了，不敢往这里走，但是究竟往什么地方去呢？我每天夜里，睡在床上，殚精竭虑地苦苦搜求，然而没有结果。"①

然而庐隐之呐喊与圣保罗之呐喊最大的区别在于，后者承蒙上帝恩惠，终于找到了完美坦途，而前者则继续"行走于崎岖小道，未发现上帝之路"。她四处寻觅活水，为自己凿出破裂的水池，这只能令其口渴更甚。

1928年，庐隐的第二部作品集《曼丽》由古城书社出版，在这部作品中，她以其独有之忧伤语调，表达了对挚爱亡夫之悼念。

后又有神州国光社1930出版的《归雁》和开明书店1931年出版的《灵海潮汐》问世，这两部作品不仅追忆亡夫，也讲述了庐隐对另一男子萌生之爱意。书中一如既往，仍透出她精神上的失意与彷徨。随着年岁渐增，其切肤之痛苦亦层层加深，这种情绪体现在以下两部作品中：其一乃神州国光社出版的《云鸥情书集》，收录了多封情书；其二乃商务印书馆于1934年出版的《象牙戒指》，讲述了其好友石评梅之生平。

庐隐另有《玫瑰的刺》《现代中国女作家》《女人的心》《庐隐自传》《庐隐短篇小说选》等等。

冰心，1900年生于福州。其父乃海军军官，慈爱而有教

①黄英编《现代中国女作家》，第65页。

养。冰心入学读书之前，便已受家塾启蒙，见识颇渊，十岁时已遍读家中藏书。

1913年，谢氏举家迁至北京；次年，冰心入贝满女中读书。于她而言，正是于此所受之基督教教育，使其产生了"爱的哲学"。此外，泰戈尔也对其产生过深重影响。

1918年，冰心入协和女子大学，后入燕京大学。但入学初年便遭病患，曾长住于北京德国医院。自1921年起，她加入文学研究会，开始为《晨报副刊》和《小说月报》撰稿，《超人》《爱的实现》《两个家庭》等作品正是出自这一时期。她甫入文坛，便颇有成就，尤其受到大学生的青睐。[1]

1923年，冰心赴美深造，于威尔斯利大学学习三年，后于1926年回国，成为燕京大学教授。因家居上海，故而屡屡往返于两地之间。1926—1929年间，仅有几篇为其未婚夫所作之诗文与书信问世。1929年，与其在燕京大学的同事吴文藻成婚。然不出几月，其公婆相继去世，为二人婚后之美满生活蒙上了一层哀色。1931年，儿子吴宗生出世，才为家庭重拾欢趣。《第一次宴会》《南归》《分》正是以上述之一系列家庭事件为背景创作而成。此后几年，冰心一直生活在宁静、幸福、向上的家庭氛围中。

日本侵华战争伊始，冰心于上海组织了一队青年女性，在其安排下救治中国军队伤员。

1944年，冰心夫妇任武汉大学教授，当时武汉大学更名为西南联合大学，校址暂迁至四川嘉定。

冰心作品之独特风格与其安宁生活密切相关，她家境十分殷实，故而从未像许多同辈人一般饱尝经济拮据之苦。她受庇于家庭圈内，常不知外世之悲凄为何物。自青年时代起，她便

---

①参见王哲甫：《中国新文学运动史》，第89页。

开始喜爱大海以及一切自然风物，满眼所见皆是人性之善。

其另有代表作品：《春水》《繁星》《去国》《姑姑》《超人》《冬儿姑娘》《冰心小说集》《冰心散文集》《冰心诗集》《往事》《南归》《闲情》《寄小读者》等等。

冰心乃当代中国最著名的女作家，自 1932 年起她便加入了自由主义作家的行列，近期又对共产主义表现出热情，但仍可从其作品中感受到新教之影响。她的所有作品都带有虔诚之感，并常使用基督教常用之术语。

冰心亦是天生的诗人，其散文与韵文中都闪耀着旋律和诗歌之美，此一点上倒与泰戈尔有些许类似。其风格稳重而有分寸，同时又可令人感受到一种绵延不断的敏感而典雅的女性气质。其常用题材包括母爱、孩子、大海、大自然以及家庭生活，其所有作品皆表现出一种极高尚的精神风貌。

自《第一次宴会》问世以来，冰心一直以妻子与母亲的身份写作，其情感之表达更加坚定，思虑亦更加成熟，然其创作之视野却并未改变，其艺术之迸发力亦一如过往。

她有时也会因从未走出孩子和家庭这一狭小圈子、从未与人民和社会接触、从未在精神上对同代人施加影响而受指责。这一指责或许有其道理，她的确从未在政治上扮演过鼓动人心之角色，而这一点在那些将文学视作社会宣传工具之人眼中实乃一大不足也。事实上，说她并未对社会产生任何影响，这一观点是有失公允的，只不过她施加影响之方式并非共产主义，亦非其他煽动人心之手法。她并非对人民大众之命运漠不关心，而只是信奉博爱的哲学，欲借慈母之爱为范本来改善社会而已。故而其作品乃其个人经验以及对生活之理解的反映，不但具备无可争议之文学价值，更可对其读者产生一定影响。[1]

苏梅，又名苏雪林，笔名绿漪，1897年生于浙江瑞安。曾就读于北京女子高等师范学校，彼时，该校正是反抗传统、追求解放之一系列运动的主战场，苏梅亦积极参与各项运动之中。

1921年毕业后，苏梅启程赴法国，入里昂的海外中法学院学习艺术。当时其未婚夫正于美国求学，她一人留法，由于水土不服且体质欠佳而很快病倒，时常咯血，故而不得不暂居萨瓦一疗养院调理，并于此皈依了天主教。起先，因来自北京，是故头脑中充满对宗教之偏见；但后与其未婚夫通信并不投契，期间其宗教态度有些许转变，但仍旧不愿与宗教牵扯。她正是在此状态之下进入疗养院，并于此切实接触到这一教派，感受到其仁慈与奉献精神。她笔下名为马绍的一名修女以身作则，加之另外一位品性正直的贝郎女士的劝导，使其一步步向天主教走近。此后，厄运与救赎不断轮回：1927年，苏梅得知其家中遭匪徒抢劫，其母病重，故于此时发愿，若母亲康复，便皈依天主教，并于同年接受了洗礼；后又几次虔心归附。

1925年，苏梅回国，历经一番波折后，最终与留美归国的未婚夫成婚。

回国后，苏梅一直笔耕不辍。最先于《晨报副刊》发表作品，后又为《现代评论》《语丝》周刊撰稿。1928年于北新书局出版《绿天》，描述了甜蜜的婚后生活，认为男性的世界虚空无物，只有母爱与夫妻之爱方可给人以生之力量。[2]次年，又于北新书局出版小说《棘心》，讲述了其海外生活，尽管小说女主人公更名

---

①参见谢六逸编《模范小说读本》，第394页；黄英编《现代中国女作家》，第16页。

②参见王哲甫：《中国新文学运动史》，第232页。

换姓，但读来仍可看出此乃苏梅之自传也。

此后她相继于沪江大学、东吴大学、安徽省立大学、西南联合大学任教授。

其主要作品有：《李义山恋爱事迹考》此作品讲述宋代著名诗人李义山之爱情故事，1927 年由北新书局出版；另有《绿天》《蠹鱼集》《辽金元文学》《唐诗概论》《青鸟集》《南明忠烈传》《屠龙集》等等。

苏梅认可"为艺术而艺术"这一理论，故而她最初曾与创造社众作家颇为亲近，但对 1925 年后创造社内出现的新趋势则并不赞同。

苏梅天性温和静敛，但有时亦冲动热情，故而好似有双重性格：或十分乐观，积极向上；或忧郁感伤，好似世间无任何美好可言。其信仰中也体现出这种情感上的摇摆不定，她形容自己"是一个理性颇强而感情又极丰富的女青年，她赞成唯物派哲学，同时又要求精神生活，倾向科学原理，同时又富有文艺的情感，几种矛盾的思潮常在她脑海中冲突，正不知趋向哪方面好"。

此外，她身上另有一种强烈的浪漫主义气质，她反对鲁迅所说的象牙塔内的理想，亦轻视那些只知道口中空谈革命，但无能领导群众，故而行动上不担负责任的作家。对苏梅而言，此类作家只是随波逐流的无胆懦夫，是临阵逃脱的作战士兵，他们在中国的复兴大业中绝不应占据一席之地。

尽管苏梅之活动范围远大于冰心，但其文学水准却尚未如后者一般完善。

凌淑华，祖籍广东，曾就读于燕京大学。1926 年嫁与《现代评论》主编、鲁迅之反对者陈西滢为妻。

凌淑华主要为《晨报副刊》《现代评论》和《新月》月刊撰稿，

严格意义上并不属于语丝社成员，然其作品却表现出对现时社会之批判精神，此一点上与语丝社之趋向不谋而合。

凌淑华自 1925 年起开始为陈西滢主编的《现代评论》撰稿，其作品《酒后》为其奠定了文学作家之地位。1930 年后，凌氏基本停止了其文学创作。

其代表作品有：《花之寺》《女人》《小哥儿俩》等等。

近年来，中国出版之作品多为悲剧或传奇性戏剧，刻画之形象或是身着褴褛、食不果腹的失业者，或是受传统家族阻挠的自由婚恋者，或是被慈爱呵护、父母却横遭惨死的孩子，或是谋杀、处死罪犯，等等。所有这些皆体现了一股委顿、浅薄而浮夸的文风。这一切所谓的文学创作都有意无意地推动读者走向反抗，走向阶级斗争与无政府主义。此类文学作品确能引起一时轰动，但其所表现的内容却仅限于浮面的生活，从未潜入到灵魂深处，去探寻人内心的挣扎与悲伤。郭沫若即是此类典型的、浪漫的理想主义作家的代表之一。

凌淑华拒斥一切空谈，勉力揭露内心深处不为人知的悲情，其作品无血亦无泪，却静默而深沉。无须刻意追寻美感，她便能够以其简洁、谦逊与真挚的表述达到美之所求。其作品情节从无冲突矫饰，反之行文自然、符合逻辑与心理状态。[①]

丁玲，原名蒋伟，1904 年生于湖南省安福县。其父曾于一日本大学研究政治经济学，享有优越的社会地位。1911 年，丁父赋闲在家，等待工作时机。但不久离世，只余一妻二子，长女即丁玲，其下仍有一幼弟。丁父去世后，丁玲举家迁至其母家乡——湖南常德。年轻的丁母尽管孀居在家，但仍希望其子

---

①参见王哲甫：《中国新文学运动史》，第 232 页；黄英编《现代中国女作家》，第 125—132 页。

女能够接受良好的教育，因此创办了两所学校：一所男校和一所女校，并亲自代课，支付办学费用。丁玲正是于母亲创办的女校中接受了启蒙教育。后其弟年少早逝，她独自和母亲生活于大家族中。

丁玲于桃源第二女子师范学校接受了一年中学教育，该校之教学方法陈旧传统，而学生却极具革命精神，渴望接触新文化。丁玲与几名女性友人一道加入了这一阵营。

1919 年，北京与上海的学生运动很快蔓延至长沙。同年，长沙成立了一所男女混合中学，在丁玲的带领下，桃源县共有二十多位学生欲于该校注册就读。这一前所未有之事虽遭到各自家庭的反对，但一众女学生仍隐瞒家庭，悄然出发奔长沙而去。几天后，她们又听闻上海大学之名，于是又在年少的丁玲带领下赶赴中国贸易之都——上海，欲入上海大学就读，最终未能成行。

1922 年，陈独秀于上海创办的平民女子学校，丁玲与一众女伴成为第一批申请入校的学生。起初此举遭到家中大多数人反对，但她坚持己见，加之其母认可，方才克服重重阻碍。丁玲最终被该校录取，但该校之道德教育水平并不尽如人意，以致为丁玲及其同伴所反感，于是她们又逃离而去，于南京度过一段无依无靠、漂泊奔命的日子。期间试图以替杂志撰稿来赚取生活所需，然而这一壮志并未得酬。她们饱尝困苦，最终不得不向家族求救，但却遭到拒绝。这场斗争最终以她们回到上海的平民女子学校续读告终。

1923 年，丁玲与好友王剑虹进入上海大学中文系学习，后者很快便与教授瞿秋白结为伉俪，而丁玲亦与瞿秋白之弟相恋。彼时，丁玲年仅十九岁，这段恋情被大学生们视为一桩丑闻。不久后，王剑虹因肺病去世，丁玲甚为感伤。为纪念亡友，她创作了多部小说，包括《一个女人》和《莎菲女士的日记》，表达了被唤醒之热情以及她们 1923 年共同经历的奇遇。后来创作了《韦护》，以追忆逝去的王剑虹。在这部作品中，丁玲刻画了一个投入新文化运动的年轻女性形象，她信仰新式自由，拒斥一切道德责任与束缚，追求婚姻自由。女主人公之唯一目标即自由感性的爱情，欲做自己命运唯一绝对的主宰者。这些作品立即在青年一代，尤其是青年女性中产生了重大反响，但大部分女性亦因受其影响而承担了悲凄的后果。

上海并非求学的理想之地，加之又受鲁迅盛名吸引，丁玲毅然上路，于 1924 年抵达北京，暂居一所预科学校，一面准备国立北京大学的入学考试，一面学习艺术与绘画。不久迁居一所私人公寓，在此期间结识沈从文与胡也频，后与胡也频成婚。

丁玲并未立即被北大录取，为方便工作，亦为与其夫胡也频安宁生活，故而迁居西山。二人于此进行文学创作，丁玲取得了一定成就，然胡也频之作品却未能被接受，二人的生活很快便捉襟见肘。丁玲不堪忍受困苦的生活条件，决心做一大胆尝试：赴上海做影星，以赚取足够钱财，过上安逸生活。此外，她期待一旦成名，还可自行出资创办文学报刊，如此既救二人于窘迫境地，又可闻名于世，可谓名利双收。然而事实并非如其所愿，她仅在上海停留数月，便匆匆回到北京。后来，她通过小说《在黑暗中》记录了此间所感。[1]1927 年，丁玲以旁听生身份于国立北京大学听课，其夫胡也频则继续四处投稿，然收效甚微。后在未名社一众友人的支持下，二人又拟创办新社团，名为无须社，沈从文亦承诺会在无须社的新期刊上撰文，但这一计划随后也落空了。

---

①参见沈从文：《记丁玲》，第 92 页。

不久发生政治肃清事件，北京四十八位教授被迫辞职，随后便爆发了国民革命。丁、胡、沈三人认为此时之上海较北京有更多成功的机会，因此一同归沪。此后丁玲深居简出，全身心投入文学创作。期间《中央日报》彭浩徐邀胡也频担任该报副刊《红黑》月刊主编，但此刊仅创办了六个月便停刊。再次失意令胡也频毅然弃文从教，经由胡适和徐志摩介绍，他于青岛某中学得到一教书职位，于是便赴青岛上任。期间丁玲仍居上海，继续其文学活动。然而不久后胡也频便对新工作产生厌烦情绪，于是很快又回到上海，自此便投入革命活动，并试图引丁玲入伍。二人共同的好友沈从文为人保守，奉劝丁玲与此类激进活动保持距离，但后者仍于1930年加入左翼阵营。

很快，共产党人便遭到抓捕。1931年，左翼阵营中有多人被迫害致死，其中包括年仅28岁的胡也频。丁玲激愤不已，公然宣称支持共产党，以继其亡夫未竟之事业，决意以手中之笔与白色恐怖战斗到底，更担任了共产主义期刊《北斗》月刊之主编。但丁玲并非全然依附共产主义理念，她更多是受到因个人恩怨所导致的对当局之敌对情绪的引导。甚至《共产主义评论》在谈及丁玲1933年发表的作品《母亲》时，都认为她个人主观主义色彩太过浓厚，并不能反映时代之客观事实，其创作并不符合唯物主义辩证法。①

1932年，南京政府开始抓捕《北斗》月刊一众领袖，丁玲逃脱后转而进行地下活动。

1933年5月，丁玲于上海租界公寓中被南京政府特务逮捕，随后被带往南京，此后一年多杳无音讯。一些人认为她可能已遭不测，另有人则认为她可能投靠了国民党。事实上，她被拘禁于

---

① 参见王淑明：《〈母亲〉评论》，载《现代评论》第3卷第5期，第712—714页。

一处隐秘住所内，与外界失去了联系。几个月后国民党对其放松了监禁，并允许其母前往陪同，她本人在保证绝不会逃跑的前提下，亦获准于南京市内自由出行。期间丁玲的生活平静无波，仅为《大公报》撰写了几篇文章。自此，又有人揣测丁玲已叛变。沈从文于此时为其作传记一部，意欲进行辩护。鲁迅于1936年10月逝世，他至死亦认为丁玲已叛变，这对丁玲而言乃一大悲痛事也。

后丁玲伺机逃跑，先逃至北京，后前往西安藏匿多时，最终到达延安，于此担任中国文艺协会主任，并领导红军在陕西的女性组织。

其作品包括：《在黑暗中》《自杀日记》《一个女人》《韦护》《一个人的诞生》《水》《法网》《母亲》《夜》《一九三〇年春上海》。

丁玲的文学生涯可分为两大阶段：1930年以前，其作品风格偏似创造社作家，更确切地说是有郁达夫之特点。作为一名激情洋溢又好冲动的女性，其作品主题多围绕爱情展开，并带有一种多愁善感的，甚至病态的氛围。她性情火热，头脑中只容爱情与自由，故而斩断了与传统（甚至是那些好的传统）的一切联系。她如创造社的作家一般否认文学之道德，其声势甚至比郁达夫还要高涨，其情感也好似更加深厚真挚。

1930年以后，其作品则带有一种斗争情绪。她的创作如无产阶级文学一般，开始走近新现实主义。她以极其刚劲的笔触，揭露社会黑暗，刻画不同社会阶层之心理，其分析与描述能力之精进可从作品《水》中窥见一斑，但这部作品中宣传倾向明显，缺乏理性信念的支撑，故而一定程度上削弱了其文学价值。[1]

沈从文，1902年生于湖南凤凰。其父于军中任职，希望儿

---

①参见黄英编《现代中国女作家》，第185页；参见何丹仁：《评丁玲的〈水〉》，载张惟夫：《关于丁玲女士》，第27页。

子可学业有成，然而并未如愿。沈从文对做学问毫无兴趣，自十四岁起便投身行伍，赚取生活所需。后来，因所在部队与四川的游击队展开长期混战，他曾亲眼目睹多名士兵死去的场景，而他自己则从未参战。此后不久，他便发现自己的真正兴趣之所在。彼时，沈从文与一中尉交好，后者正经营一间馆藏丰富的图书馆，并允许沈从文入馆读书。沈从文得以沉浸书海，如饥似渴地汲取知识。因其字迹优美，故而被免去体力劳动，晋升为抄录员。如此大大发展了他的兴趣，他开始阅读诗集，接触狄更斯的小说。沈从文从狄氏的作品中萌发了创作小说的热情，更学到了创作的艺术。其后，他因写得一手好字而在军队中名声日显，并被一高级军官选为秘书。这名军官成为沈从文的头号保护者，他素有文学修养。沈从文从其丰富的藏书中学到了大量中国文学与历史的相关知识，同时练习各式字体，书法水平亦大为精进。

其后，沈从文离开军队赴长沙，于一新建印刷厂任厂长。这一新职位使其有机会接触文人阶层，并印刷其初期随笔，此乃其文学生涯之一大进步也。为更好地继续学业，赚取更多生活费用，他转而奔赴中国文化之都——北京。起初一切并不如意：其作品反复被拒。后结识徐志摩，后者当时正与胡适和郁达夫共同编辑《晨报副刊》，故成为第一个接受沈从文于该刊发文之人。初登作品便为大众广泛接受，沈从文很快声名鹊起。此后，他又与好友胡也频、丁玲一同离京，定居上海。三人共同经营《红黑》月刊，但此刊物仅发行六个月后便耗尽三人积蓄，故而只能停刊。此后不久，沈从文与胡也频便因政治问题而分道扬镳。1929 年，沈从文入中国公学任教；1931 年，赴山东大学任教。

沈从文在不到十年的时间内发表了五十多部作品，其中主要代表作为：《阿黑小史》《一个女剧员的生活》《都市一妇人》《虎雏》《石子船》《山鬼》《龙朱》《好管闲事的人》《入伍后》《旅店及其他》《篁君日记》《旧梦》《记胡也频》《一个天才的通信》《长夏》《蜜柑》《阿丽思中国游记》《神巫之爱》《老实人》等等。

苏梅对沈从文之作品进行过文学研究，将其分为四类。

一、描写军旅生活。沈从文自幼长于军中，对军队日常生活细节了然于胸，对军旅生活之描述足以开一文学新主题之先河，读者亦会对此感兴趣。但沈氏虽在军中却并未从军，始终处于边缘位置，故而其有关士兵生活之观点难免受限，有时甚至走向扭曲。不论对于军中之贫苦、伤痛、危险与战斗，还是在胜利或休息时出现的暴力、荒淫等罪行，他本人都从未亲身体验。此一点上，沈氏可谓大不如任敬和与郭沫若。前者笔名黑炎，著有同一题材小说《战线》；后者则著有《北伐途次》。

二、描写湘西野蛮部落及苗族生活。沈从文的故乡仍有野蛮部落居住，但通常不为中国大众所知。随军跋涉途中，他有机会近距离观察这些部落，描述其生存条件、风俗民情、心理状态，以及他们虚幻神奇的部落传说。这一题材使得沈氏的部分作品因具备某种异族风情而见喜于读者，但此类作品毕竟距离现实形势相去甚远。他亦利用其充满浪漫主义色彩的想象力对自己的所见所闻大做改动，在他笔下，苗族人乃瓦图领袖，他们在百年大树下建有自己的王庭，由仙女、美人、精灵和小鬼守护。希腊诸神、远古英雄、魔幻故事，这些素材沈从文由电影中得知，转而又运用到作品中去，并美其名曰"苗族民俗"。此类作品初读虽甚是有趣，但很快便会了无滋味，给人空洞无聊之感。

三、描写社会。沈从文轮番对社会各阶层及其优缺点进行了描写，其创作范围可谓极其广泛，但不免有失深度。他借笔下人物之口所表达之观点看似在发掘人物灵魂，将人物依特点分门别类，但实际上这些特点不甚鲜明，而且略显空泛，故而使其心理分析亦流于表面。鉴于此，其创作水平相较茅盾、丁玲及鲁迅而言，不免落于下风。

四、儿童故事与仿写。《阿丽思中国游记》即对卡罗尔的《爱丽丝梦游仙境》所进行的仿写。沈从文先是描述了古老的中国及其宏伟建筑，接着写到阿丽思游历上海和湘西，并于湘西邂逅傈傈族和苗族的野蛮部落，等等，这些部落一直存在至今。无论从深度抑或从形式而言，此作皆为沈氏作品之泛泛者也。

《月下小景》初版名为《新十日谈》，乃对《十日谈》之仿写也。旅舍的客官们轮流讲故事，用以消磨时光。有些故事的确感人，但作者加诸太多哲学见地和个人思考于其中，反倒削减了作品魅力。

若要细究沈从文之创作理念，则会发现他欲将东南蛮族之血液注入泱泱中华体内，令后者得以重焕青春。他目睹了中国的衰落，眼见其抗拒一切进步，人民信奉佛教寂寂无闻、与世无争的理念，如此实乃泯灭生机活力之利刃也。有此生机活力乃西方强大之根本，而无此生机活力亦乃中华倾颓之根源也。沈从文自认为从湖南部族中找到了同样的生机，并欲以这至珍良方挽救垂垂老矣之中国。

沈从文并不缺少文学素养：其创作丰厚，几乎不限题材。大多数现代作家多以某类题材为创作方向，作品之精神亦大体相同，以致读其中一部作品便可推测其余作品之内里。而沈氏则不然，尽管他并未接受过高等教育，但他懂得倾听和观察，他丰富的想象力使其能够不断探寻新素材，故而其创作主题可谓变化无穷。但他也有严重不足：其行文过于松泛不考究，因此所成之作多冗长散漫；他察人观事之眼光迅速而片面，因此作品常缺乏思考，见解亦流于偏狭，故而不能于读者脑中留下持久印象。在与其同时代的作家中，沈从文并无缘跻身一流者之列。

十、鲁迅——其人其文[①]

鲁迅其人及其活动乃现代中国文坛的一大中心，故而值得对其进行深入研究，亦应在本书中占有独特地位。二十多年来，且不说其社会、精神与文学地位，若只单论其他，对于这位文学大师所存在的疑虑、误解与偏见便不在少数，因而很难对其价值给予一个公允的评判。

1926—1927 年鲁迅领导的对抗陈源的论战，加之他所支持的笔战，都曾激起过太多不公正的评判与指责，这在很大程度上影响了其作品的真正价值。

创造社认定他是落伍者："鲁迅并不是我们这个时代的作家……他的作品只限于对清末和义和团时期思想之反映……鲁迅不懂得他所处的时代……与胡适一样，他的作品跟不上时代潮流，早已被弃置不理了……鲁迅的作品崇尚自由主义，根本无法持久。其作品毫无意义，好似一件封存起来的珠宝，仰赖资产阶级才能重见天日。"[②]

新月社对鲁迅的评判亦同样强势，且将其看作共产主义者。

另一方面，1930 年以后，左翼阵营对鲁迅的评价亦确认了后者乃其同道中人："鲁迅在五四前的思想，进化论和个性主

①参见王际真：《鲁迅年谱》，《中国研究院公报》1939 年 1 月，第 3 卷第 4 期；《中国国民集志》，1943 年 6 月，第 180 页；《天下》月刊，1936 年 11 月，第 348 页。

②李常谦译《现代中国文学作家》。

义是他的基本。他热烈地希望着青年，他勇猛地抨击着宗法社会的僵化统治，要求个性的解放。可是不久他就渐渐了解到封建的等级制度和中国社会内部的层层压榨。1924 年，他的思想发生了转变。1926 年，他的多部作品中都包含着猛烈地攻击阶级统治的火焰。"

那么，鲁迅真的是共产主义者吗？在本书中我们只讨论文学问题，鲁迅的政治立场并不直接与主题相关，但我们仍可谈及一二。1930 年前，鲁迅的确并非共产主义者，并且他曾在厦门和广东严厉批判过共产主义，另多次宣称自己并非共产党。在 1928 年的文学论争中，他亦曾明确驳斥过历史唯物主义的基本立场。

但 1927 年以后，鲁迅开始猛烈抨击国民党为对抗共产主义而犯下的恐怖罪行，尽管可能并非如他本人所愿，但这一态度使他在 1930 年被划归到左派阵营中。彼时，国民党与共产党势如水火，既然不属于国民党，那么他人自然而然会认为鲁迅是共产主义者。事实上，鲁迅至死都对国民党深恶痛绝。

若说 1930 年后鲁迅成了共产主义者亦无不可，但他赞同的乃是普列汉诺夫和卢那察尔斯基的孟什维克主义，而非布尔什维克主义。在其作品《二心集》的前言中，他明言不应将其简单归于共产主义而不做细论。

自此，鲁迅貌似的确被"共产化"了，他的许多社会理念都与共产主义颇为相近，其作品亦被国民党扣上"危险可疑读物"的名声。至此，因两党对峙、国民党构陷而产生的对鲁迅的偏见便未曾断绝。这极大影响了世人对鲁迅的总体评价，亦削弱了鲁迅及其作品的真正价值。直到近年，舆论方才平息，世人皆承认鲁迅乃当代文坛第一人："他的作品兼具深刻的现实主义和悲悯的人道主义情怀，罕见地从生活中读出讽刺，将社会之丑陋真相公之于众。他炽热、猛烈、嫉恶如仇，总之他为人并不和蔼，但充沛有力。"另一中国评论甚至如此说道："他是以小说创造的成功和激进思想占有了中国现代文坛的最高地位的，《呐喊》和《彷徨》几乎是每个受过中等教育的青年所必读的书了，并有人把作者和俄国最有名的小说家契诃夫作比较的观察，举出在生活、题材、思想、作风等方面两位作家的相似之点，确是颇有兴趣的事，尤其是在思想一点上，两家虽都是怀疑主义者，但都希望有美丽将来的实践而并不绝望。"①王际真更在《鲁迅年谱》中讲道："鲁迅既如马克西姆·高尔基一般德高望重，与其所处时代的革命运动有着千丝万缕的联系；又如伏尔泰一般，其讽刺无不透着尖酸刻薄。但二者的不同之处在于，伏尔泰惯以一种傲慢态度居高临下地评判他人，而鲁迅则永远将自己归置于受评判者的行列。总之，在法国鲁迅或许会成为另一个伏尔泰，在俄国他会成为另一个高尔基或契诃夫，在英国他会成为另一个迪恩·斯威夫特；但在中国，他只能成为鲁迅。因为他是应中国之时代而生的，这一泱泱大国近五十多年一直蒙受的切肤之痛尚未终止。鲁迅是将中国之弱点曝于光天化日之下之第一人，更是揭露众人身上之阿Q精神的第一人。他以其特有之恼人手法刻画了阿Q的形象，仅指明其缺陷，却不去更正。阿Q在被打或受辱之后，总会假想自己骨子里比人更高一等，因而自己才是胜者，如此一来就在内心里反败为胜了。鲁迅终其一生都在堵截众人身上的阿Q，并揪住他扔到大家眼前，到最后终于令世人开始动摇。诚然，抗击日本侵华乃政府的政治和军事领袖所做之决议，但若阿Q精神未被打倒，中国人绝不可能在抗战之路上顽强不倒。即便阿Q精神

①李素伯：《小品文研究》，第104页。

仍未被彻底打倒，那它也绝不处于上风了。今日之中国重唤自由勇敢之新精神，今日之新中国坚信'士可杀不可辱'。这一变化并非由别人，而是由鲁迅一手成就的。"

事实上，就在当今社会与文学领域争议不断的多年前，《呐喊》和《彷徨》甫一问世之时，中国的评论就给了鲁迅很高的评价："他能够从青年一代的迷梦中挣脱出来，不激愤亦不狂暴，而是于寂静中沉思。他的想象力从未枯竭，总是向着既定的理想奔去。他的观察力细致入微，能够潜入当世之人灵魂深处，不论这人是乡野鄙夫、文人墨客，还是城市小民。他绝不会将众人引入浪漫主义或印象主义的梦境，而是令众人看清今日所过之真实生活。对于鲁迅，后世之人终将如何评说？我们不得而知，但有两点是肯定的：鲁迅是一位忠实的艺术家，他写其所见所闻，并让我们意识到我们并未意识到的见闻；他令我们清晰地感知到生命、死亡和一切人世悲情。他也是诚挚的，拥有这一宝贵品质的作家已经寥寥可数了。"

鲁迅原名周树人，1881年生于浙江绍兴一富裕家庭，家中约有五十多亩良田。其父乃文人，参加过科举考试。其母生于绍兴乡下安桥头村，鲁迅经常在其小说中言及此处。

鲁迅之祖父周介孚乃清朝官员，鲁迅出生时，恰逢张之洞于北京他祖父那做客。为显来客之尊，周家取"张"字为新生子命名，又为表对张之洞之尊重，改"张"为同音字"樟"，故命其名曰樟寿，字豫山。后因预山发音类似雨伞，故又改为豫才。[1]

鲁迅最初的启蒙老师是晚清的一位老师傅。1893年，周氏突遭祸事，家道中落。周介孚因故见罪于朝廷，被囚于北京，

---

[1]参见周作人：《关于鲁迅》。

周家被迫变卖家财以赎之。1896年，鲁迅之父去世，更加重了经济困难。屡历不幸，给鲁迅留下了深刻印象，他开始懂得世事之无常，父亲之病痛亦坚定了其学医的决心。①

张之洞任两江总督时，大力倡导西学。为吸引更多生源，政府设奖学金，并为成绩优异者提供津贴。自其父病逝后，鲁迅无法继续学业，此次便抓住机遇，怀揣母亲筹到的八块大洋来到了南京。在其自传中，鲁迅还讲到另外一个离家的理由：他被怀疑偷窃了家中财物。1898年，鲁迅进入江南水师学堂学习，因志愿做工程师，故而后又转入了矿务铁路学堂。在此期间，改名为周树人。他在矿务铁路学堂读书两年，期间接触到汉译本的赫胥黎作品《天演论》，开始认识进化论。同时，作为文学爱好者，在没有老师的情况下，他仍旧没有停止文学研究。学业结束后，他获得了赴日本学习的奖学金，于是便剪掉中式长辫，启程到东京一预科学校学习，并于三年后毕业。三年间，他的大部分时间除了用来学习日语以外，还学习了哲学与文学。

据鲁迅自己的说法，有三个问题一直困扰着他：其一，人应该追寻何种理想？其二，中国复兴的主要障碍为何？其三，何为中国人的劣根性？对于第一个问题，鲁迅自始至终也没有找到恰当的答案。至于后两个问题，从其后来的作品中可以看到，他以一种令人钦佩的方法解决掉了。

鲁迅后来并未继续矿业工程师的学业，而是于1904年进入仙台医学专门学校学医。他在仙台学习了两年，期间隐隐感受到日本人对中国学生缺乏尊重，对此，其内心埋下了深切的怨愤。1906年，鲁迅终止医学学业，赴东京专攻政治与文学。他曾于南京学过英文，此次一面进修英文，一面又开始学习俄

---

①参见鲁迅：《著者自叙传略》。

文。期间他接触到亚罗申科的作品，并将其译为中文。译文多由日语版转换而来，可见其俄文可能并未学精。此外，尼采与叔本华作品的日译本亦给鲁迅留下了深刻印象。

1906年夏，鲁迅回国度假并成婚。几个月后，他携弟弟周作人一同回到东京。彼时，周作人刚刚于江南水师学堂完成学业。

1907年，鲁迅尝试推出杂志《新生》，并加入了东京的革命党派。他欲以《新生》为阵地，反抗清朝统治，但这一杂志并未创办成功。虽然如此，但鲁迅从此确定了其生命的航向：做一名作家。

他开始以鲁迅、令飞为笔名，在《河南》杂志上发表文章，不断向世人介绍尼采、叔本华、易卜生、施蒂纳及其他个人主义的理想主义和实证进化论。1907年他曾写道："文化是建立在过去基石之上，并且在不断前进的，它无时不在寻求改变与完善。西方文化的物质主义特征仅乃19世纪初欧洲特殊条件下的产物，在当时是有用的，但今日它已太过偏离航向了，是时候该被纠正过来了。"但是鲁迅并未取得成功，他的风格与思想对于改革者而言尚不够彻底，而对于保守者而言则过于冒险了。

1908年，鲁迅曾于东京跟随章太炎学习中国语言学，这一课程在那几年间对他的写作风格产生过极大影响。

1909年，为赡养母亲、供养家庭，鲁迅再次回国。为不引同胞侧目，他在上海购买了一条假长辫，但一个月后便弃之不用了。彼时在中国，剪掉长辫的"秃头"仍旧颇受嘲笑，但鲁迅勇敢地接受了所有讥讽。他与弟弟周作人一道，翻译了大量俄国、波兰和法国的作品。胡适曾向大众力荐周氏兄弟之译作，但效果不佳。他们自己亦在六个月后进行了销售统计，结果确实不如人意：第一卷售出二十册，第二卷售出二十一册。

1910 年，鲁迅任教于杭州两级师范学堂；1911 年，任绍兴中学堂教务长，并于同年秋辞职，申请了商务印书馆印刷厂内一职务，但未被接纳。

1911 年 10 月，绍兴被革命军队占领后，鲁迅任绍兴师范学校校长；次年，中华民国政府于南京成立，蔡元培任教育总长，邀鲁迅出任教育部社会教育司第一科科长。

1913 年，南京国民政府正式迁都北京，鲁迅随之前往北京，于教育部工作至 1925 年。在此期间，他研究了中国小说并以其弟周作人之名发表了多部作品。

1918 年，鲁迅受好友钱玄同之邀，为《新青年》杂志撰写了一篇小说，名为《狂人日记》，于同年 5 月发表于《新青年》。在这部小说中，他对压抑人性的儒家礼教进行了尖锐的批判："正是那吃人的礼教泯灭了个性，毁掉了所有人，一定要将其清除。治愈那些已被腐蚀之人或许很难，但没有吃过人的孩子或者还有，救救孩子。"作品最后所作之结论大有深意。同时期，他创作了尖刻的杂文，对形式主义、虚伪和迷信进行了口诛笔伐。他总是站在现实主义的立场上，宣称一切文学的终极准则在于其关键价值。他本身自始至终亦都在遵守"为人的文学"这一基本原则。

1920 年，国立北京大学邀请周作人讲授中国小说，周作人转而将此邀请介绍给鲁迅。后者接受了这一职位，并很快受到了学生的极大欢迎。

1921 年，任北京高等师范学校教授；同年，于《晨报副刊》发表《阿 Q 正传》；时间为 12 月 4 日至次年 2 月 12 日，笔名巴人。1922 年，《阿 Q 正传》被译为十三种语言发表，鲁迅由此成名。这部著作乃一讽喻之作，充满意义与暗示。评论界对于作者想通过作品表达的精神与思想进行过激烈争论。但为免失公允，我们认为一切评价都应将鲁迅的一生及其所有作品综合考量。此后不久，鲁迅将《阿Q正传》及其他二十五部作品分别编于《呐喊》《彷徨》两部作品集之中出版。综合分析这两部作品集，方能理解鲁迅之所思所想。鲁迅出生于一个中国饱受列强欺凌的年代，他十分清楚，为满足时代所需，必须进行政治、军事和社会变革，一言以蔽之，即富国强兵。他先后于矿业学校、医学院学习的经历亦可表明，他本人亦是受到时代大潮的影响的。他在日本又学习了达尔文主义与进化论、尼采和叔本华的悲观主义哲学、俄国的人道主义，后来又接触过共和党派的自由理性主义，故而其观世之眼光颇为挑剔，也因此他质疑空想的改革，渴望寻求一条切实出路，既能拯救自己，亦能拯救后来之人。

1911年，清王朝被推翻，但革命并未成功，国家的统治权被他人窃取了。现实的真正状态没有任何好转。

一场文学革命的风暴正在酝酿，并最终在1917年胡适发文号召之时爆发了。陈独秀立即抓住机遇，扩大了革命运动的范围，将其引至精神、社会及文化等各个领域。这场运动的口号是：打倒一切传统！

中西有别，以西方为模板彻底改造中国绝不可能，否则会招致多方面的毁灭。此等危险，鲁迅心知肚明。他欲将这种方案之不可行性告知青年读者，唤起他们的觉醒。他自始至终都从整个社会和国家的角度考虑，关切中国人民的具体精神面貌。也正因如此，他才会对新文化运动持批判分析的态度。众所周知，该运动之宗旨乃推翻一切旧文化，以实证、理性之新文化代之。殊不知这所谓的新文化在欧洲早已开始没落，从本质上亦早已非中国人心中所念之新文化了。毋庸置疑，明日之中国需要开辟一条新出路，然而这条路又在何方？1930年后，鲁迅曾模糊地定义过它：19世纪俄国的人道主义之路，将是守卫自由与博爱，废除社会等级制度，倡导互爱互敬，以使一切人幸福之正途。

1930年前，他更多被局限于所谓的社会现实主义之中：在《呐喊》中，他为我们描述了革命与新文化给人民群众带来的结果；在《彷徨》中，他又令我们看清了新文化运动对知识分子产生的影响。而阿Q正是这两部作品集所收录的二十六部小说之中心。

哈罗德·阿克顿是这样归结这两部作品集之中心思想的：

　　阿Q代表了革命初期中国大多数乡下民众的精神状态，我们亦能从作品中窥见城市民众的心理轮廓，彼时，他们刚从对顺应天子的天真迷梦中艰难醒来。而故事发生的地点未庄则是整个中国的缩影。时至今日，中国的阿Q仍不在少数，他们正在沉默中生存或死去。小说中的阿Q有一种主导思想：革命是好的。杀光村里所有人吧，他们当受此刑。至于我呢，我是坚决要参加革命的。

　　阿Q在他生命的最后几日受了不少折磨，他很不高兴。一天下午，他空着肚子喝了酒，许是受到酒精催动，一边在庄子里漫步，一边想着如今的世事。他又一次飘飘然地做起了梦，梦见自己就是革命本身，未庄的所有人都是他的俘虏，这种美梦让他无比兴奋，他无法自制地喊道：造反了！造反了！……但这只是他自己的疯狂想象而已。几天之后，革命真的来了，可第一个被革了命的就是我们的阿Q。鲁迅以一种令人敬佩的巧妙手法讥讽了阿Q被行刑的全过程。

　　《呐喊》和《彷徨》多运用夸张手法，且夸张中蕴含讥刺，讽刺中透着讥诮。读者似乎看到了那位走投无路的寡妇，为了治愈将死的孩子而去向江湖庸医求医问药；看到了那群冷漠无知的人们正好奇地观摩处死刑犯，一个卖饼男孩的刺耳叫喊亦加重了人群的无知色彩。当鲁迅描述这些画面的时候，读者会不寒而栗，会在痛苦的表情上勉强勾勒一丝苦笑，而绝不会真正笑出声来。鲁迅其人，是绝不会柔肠善感的。[1]

鲁迅固然冷淡好讽刺，但他亦一贯赤诚。他所受之教育乃进化论、自由主义和实证主义，故而宗教问题不会对其造成困扰。他欲将宗教排除在外，来解决人生之根本问题，但有时其悲壮的现实主义也会不由自主地对其进行掣肘，偶尔他想要忠实刻画的生活会将他吞噬，令他直言不讳地表达内心所想。他感到世人所生存之世界空虚残酷，因此他宁愿相信灵魂，相信天神。"我愿意真有所谓灵魂，有所谓地狱。"他宁愿相信上有天堂，那里是新生活开始之地，因为人间的生活着实太过黑暗悲凄了。但他没有能力亦无力气去求助于宗教，他对唯灵论从来都是视而不见。在北京女子师范大学发生的反抗段祺瑞政府的一系列事件中，鲁迅的得意门生刘和珍于1926年3月在混乱中遇害，对此鲁迅曾写道："有人要我讲几句。这虽然于死者毫不相干，但在生者却大抵只能如此而已。倘使我能够相信真有所谓'在天之灵'，那自然可以得到更大的安慰……但是现在却只能如此而已。"[2]

鲁迅渴望新生活，他曾在《呐喊》中写道："我不希望年轻

①哈罗德·阿克顿：《中国现代文学的创造精神》，载《天下》月刊，1935，第378—380页。

②参见何凝编《鲁迅杂感选集》，青光书局，1933，第120页。

一代像我一般隐忍焦虑，我不希望他们像死神一般生活在不清不醒的梦中，我不希望他们与众人一样生活在痛苦之中。年轻人应该过一种新的生活，一种我们尚未见识过的生活。"他亦曾自问这条新出路到底出自何方，答案是："其实地上本没有路，走的人多了，便成了路。"这是一位理性主义者在遇到难以解决的问题之时，内心对于怀疑的回应。关于这一思想，他对青年人做了如下解说："你们青年所多的是生力，遇见深林可以辟成平地的，遇见旷野可以栽种树木的，遇见沙漠可以开掘井泉的。问什么荆棘塞途的老路……"

1927 年的鲁迅已经意识到改变势在必行，但仍存有疑虑和困难："革命，反革命，不革命……革命的被杀于反革命的，反革命的被杀于革命的，不革命的或当作革命的而被杀于反革命的，或当作反革命的而被杀于革命的，或并不当作什么而被杀于革命的……或反革命的……革命，革命，革命，革命，革命……"

1926 年对北京女子师范大学而言是困难重重的一年，学生爆发了反抗段祺瑞政府的游行活动，多人因此死亡或受伤。时任校长杨荫榆谴责学生运动，鲁迅则维护学生之立场，结果因此而丢掉了教师职位。其后鲁迅公开与对学生运动持不同态度的陈源展开了雄辩，他明确提出了自己的诉求："我们需要生存，我们需要粮食、衣服和住所，我们应该进步。所有与此诉求相悖之人或事都应成为讨伐的对象。"斗争使他变得更加激进了。

鲁迅正是在这一时期再婚，娶其在北京女子师范大学的弟子许广平为妻，婚后育有一子周海婴。

1925 年，北京政府采取严厉措施抵制国民党的渗透，压制新文化运动，并开出一份其将要逮捕的四十八位教授的名单，鲁迅赫然在列。后在《语丝》合伙创办人林语堂的邀请下，于 8

月赴厦门大学任教授。但任教时间并不长，他自己亦承认，是因为"害怕"：南方的革命人士对他的监视极其严密，以致影响了其正常生活。故而鲁迅于当年年底辞职，奔赴革命发源地广东。他在广东受到了青年人的热烈欢迎，出任中山大学教授和教务主任，妻子许广平亦在该校获得一助理教授的职位。人们想要将鲁迅塑造成"坐在高台上指挥思想革命的领袖"，并在全国范围内宣称他已经投靠了革命，很快就会赶赴汉口。时人想用名望和荣誉迫其就范，不断邀请他公开发表坚定革命主题的演讲。这很快就令其产生了厌烦情绪："他们这么迫不及待地要我考试做文章，难道我是老八股不成？"他开始公开驳斥有关自身的流言，结果自然失掉了他人的友善，如在厦门一般的严密监视又开始了。鲁迅也不想做共产主义者，甚至不愿跟他们亲近。广东对他而言亦非安全之地了。他对当时的体制失望透顶，于是这样写道："小心那些自称正直，并自认为的确正直之人，可能他们就是强盗和窃贼。不必提防那些公开宣称自己是强盗和窃贼的人，因为他们所说的并不真实，他们可能才是正直之人；但最好提防那些自命正直的人，因为他们所说的恰巧相反，他们可能正是强盗窃贼。"

　　期间左翼与右翼之间的嫌隙日益加深，红色政府迁至汉口，随后爆发了 1927 年的肃清运动。鲁迅尽管不是共产主义者，但仍被列为有嫌疑者，因为他的许多友人和学生或是共产主义者，或是亲共产主义者，这些人一个接一个地秘密消失了。鲁迅开始害怕，他两次至香港避祸，但无论在哪里，他都无法摆脱嫌疑。恐惧之下，他再也没有回到广东。彼时，他被国民党视为嫌疑者，又被北洋军阀政府判罪，实在不知该去往哪里避难。在《而已集》导语中，他是这样坦陈自己的忧惧与疑虑的："这半年我又看见了许多血和许多泪，然而我只有杂感而已。泪干了，血消了，屠伯们逍遥复逍遥，用钢刀，用软刀的，然而我只有杂感而已。连'杂感'也被'放进了应该去的地方'，我于是只有'而已'。""没有胆子直说的话，都载在《而已集》。"1927年9月，鲁迅启程赴上海，在那里亦成为被攻击的对象。除担任《语丝》杂志主编外，鲁迅还主编了《奔流》《奔原》《萌芽》《新地》等规模较小，但名声颇高的杂志，故而不免参与到在1928—1930年间著名的文学论争中，就文学极其社会意义发表看法。①

其主要论战对手包括：成仿吾、郭沫若，此二人乃创造社所倡导之革命文学排他主义的拥护者；蒋光慈，太阳社内部激进团体成员，所持之理念与创造社类似；梁实秋，自由主义与资产阶级文学之代表。在谈及各团体时，我们已对上述几人做过详细介绍。这场艰苦论战持续了两年之久，鲁迅最终让步，于1930年归附左翼阵营，并很快成为领导者与代言人，成仿吾和郭沫若反倒落其下风。对鲁迅而言，与其说他是在原则上做出了退让，不如说他是对现实做出了退让。他在公开的论战中没有得到的东西，反而通过让步得到了。自此，他对左翼阵营中的文学家，尤其是青年文学家产生了不容忽视的影响。

需要说明的是，鲁迅的让步与其此前的人生活动好似并不相悖。他一贯批判所生存之社会的缺陷和不公；他一贯攻击刻板传统产生的不利影响，并力陈文化革命之必要性。但自1919年开始，直至1925年为止，他从未将自己的社会现实主义与经济和社会体系直接联系起来，而是固守文学阵地，并未直接关切无产阶级。那时的他是理想家，而非社会主义者。

此外，他亦从未如世人所认为的那样攻击革命文学，只是单纯反对创造社的排他主义而已。甚至在1930年以后，他仍旧

①参见李何林编《中国文艺论战》，东亚书局，1930年。

坚守其普遍人道主义的理念。共产主义革命在实践中拒斥此类理念，但原则上它们在共产主义革命中甚至也是可以被保留的。也正因如此，鲁迅对极左派作家的偏见才会有所改观。

1928—1930年间的文学论争迫使鲁迅做出了最终选择，同时亦对其后来的文学活动产生了影响。他自己曾坦陈："我应该感谢创造社，正是它的攻击使我不得不去阅读大量有关艺术和文学的科学专论，而这些专论又助我解决了许多此前无法解答的疑问。也正是在此期间，我开始翻译普列汉诺夫的《艺术论》，由此改变了我自己和我身边多人对于发展的片面看法。"这也是鲁迅多年来将大量时间投入翻译工作的一个重要缘由。随后他又陆续发表了其他译作，包括卢那卡尔斯基的《文艺与批评》、皮恩汉森的《无产阶级文学理论与实践》、法捷耶夫的《毁灭》等等。除译作外，他还发表了一系列时事杂感，他的杂感可令敌人胆寒，但亦因此屡遭查禁。他在作品中总是深沉真挚，但有时也会流于片面，尽管这并非如他所愿。这也可能是因为他并不总能够掌握事实真相，故而有时所作之判断亦会有失偏颇，他所提供给读者的作品亦不够完善。有人对此所作的批评是很正确的，且被鲁迅拿来刊于其1934年的《准风月谈》一书中："鲁迅先生，你要认清了自己的地位，就是反对你的人，暗里总不敢反对你是中国顶出色的作家。既然你的言论可以影响青年，那么你的言论应该慎重。请你自己想想：在写《阿Q正传》之后有多少时间浪费在笔战上？而这种笔战对一般青年发生何种影响？"

鲁迅一生笔耕不辍，哪怕到了生命尽头疾病缠身之时，仍作有著名的万言公开信，号召中国团结抗日。

1936年10月19日，鲁迅于上海住所逝世，其妻儿当时正陪在身边。

十一、未名社

　　1925 年，鲁迅发起在北京成立了一个年轻的文学社团——未名社，该社团的主要成员有李霁野、韦素园等人。其目的是在中国翻译引进外国文学作品，尤其是俄国文学作品及文艺批评。

　　1928 年，李、韦二人合译了托洛茨基的作品《文学与革命》，使得张作霖政府将社团内数名成员下狱，并正式取缔了该社团。于是，社团更名改姓，仍继续其活动。北京师范学校落困后，政府逼迫北京四十八位教授辞职。此后，社团内开始出现纠纷：居于上海的成员高长虹指责主编韦素园拒不发表向培良之文章一事，鲁迅亦被牵扯其中。高氏以《狂飙》杂志为阵地，发文严厉声讨韦素园和鲁迅。

　　彼时，该社团总部位于北京景山东街，以发表鲁迅主编的杂志《莽原》为主要活动阵地。后《莽原》更名为《未名》半月刊，1930 年 4 月停刊。

　　当局支持者的纠缠不休使得社团成员不得不于 1930 年做出选择，最终鲁迅并大多数人都选择站在左派，亦有一小部分人则明确表示对自由派更有好感，并完全信奉布尔什维克主义。此后，未名社成员再没有谈论过——至少没有在公共场合谈论过政治问题，而是将其活动限制在发表能够传播其政治社会理念的外国作品上。社团好似变成了反对党派，并且是倾向于无政府主义的反对党派。

他们信奉社会现实主义，对陈独秀、郭沫若宣扬的共产主义之路以及汉口政权灰心失望；同时，国民党的统治则被他们称为"专制独裁"，令他们反感不已。其杂志亦充斥着贬低执政党"心胸狭隘"的文章。

除此之外，他们对托尔斯泰的人道主义和无政府主义抱有极大好感，欲如托尔斯泰一般"废除建立于等级体系和国家体系基础之上的社会，并建立一种新型社会，更多地重视下层阶级之所需，反抗上层阶级之暴行，此等反抗不以打击该阶层的个人成员为纲，而以反对政府制定原则及法令保护该阶层之利益为要旨"。

作为文学团体，未名社并未产生过太大影响，但1930—1937年间众多中国最负盛名的作家都曾屡次引用其基本原则。

未名社主要代表人物如下：

韦素园，亦作韦漱园，1902年生于安徽霍邱，曾于法国留学，自1926年起成为未名社之活跃社员。1932年因身染肺结核病，于北京某医院逝世。

韦氏主要因翻译俄国文学作品见闻，其译著包括：《外套》《黄花集》等等。

李霁野，安徽霍邱人氏，与韦素园共同领导未名社。并与韦氏一样，以翻译俄国作家之作品闻名，其译著包括：《往星中》《黑假面人》《被侮辱的与被损害的》《不幸的一群》等等。

韦丛芜，安徽霍邱人氏，曾就读于燕京大学，未名社撰稿人，以翻译俄国文学作品见闻，其译著包括：《穷人》《罪与罚》《张的梦》等等。

曹靖华，1897年生于河南卢氏。于莫斯科的东方大学毕业后，回国赴中山大学任教授，致力于传播俄国新文学，后成为中国无产阶级文学之旗手。

1933 年赴北京，任北平大学女子文理学院教授，兼任中国大学教授。

其译作包括：《铁流》《蠢货》《不走正路的安德伦》等等。

杨震文，又名杨丙辰，1891 年生于河南南阳。曾于德国柏林大学学习，回国后先任国立北京大学教授，后相继任清华大学教授、北平大学女子文理学院教授。其译作包括：《强盗》《军人之福》《费德利克小姐》《獭皮》等等。

高长虹，山西人氏。先与鲁迅、韦丛芜等人共同领导《莽原》杂志，1926 年杂志更名为《未名》半月刊后，高氏因与其他主编意见不合而选择退出，并与其兄弟高歌及向培良共同创办狂飙社，相继发行《狂飙》周刊和《长江》周刊。

1930 年离开中国，后鲜有文学作品发表。

其作品包括：《光与热》《时代的先驱》《从荒岛到莽原》《游离》《实生活》《心的探险》等等。

戴望舒，曾于震旦大学专攻法国文学。其诗作混合了法国象征主义和美国印象主义风格，由此在中国开辟了一种新诗风，名为现代派诗。1932 年左右赴法国游历；1937 年担任香港《大公报》文学专栏主编。

其代表作为：《雨巷》《望舒草》《我的记忆》。

其译作包括：《比利时短篇小说集》《意大利短篇小说集》《法兰西现代短篇集》《少女之誓》《塞万提斯的未婚妻》《高龙芭》等等。

黄素如，尤以笔名白薇见闻，湖南人氏。小说家、著名剧作家，著名文学家杨骚之妻，二人之社会理念相同，且同为未名社成员。

1925 年，白薇于商务印书馆出了第一部三幕剧《琳丽》，将爱情歌颂为人类生存之动力："若无爱情，生活将变得晦暗乏味，根本不值得过了。"

随后发表单幕喜剧《苏斐》，赞颂了一位心灵高洁的女性的爱情；后以笔名楚洪发表同一主题长篇小说《爱网》。

从日本归国后，白薇迈入了一个新时代，青年时期的梦想一步步绽放。她开始接触当前社会之现实，1928 年于《奔流》杂志发表了一系列社会悲剧，以《打出幽灵塔》命名。后又陆续发表了一些作品:《革命神的受难》，独幕剧，对假革命者进行了严厉批判;《蔷薇酒》，独幕剧，批判了军国主义;《姨娘》，独幕社会悲剧;《假洋人》，攻击了虚伪假冒者。

1928 年后，其问世作品包括:《炸弹与征鸟》，与杨骚合著的《昨夜》，等等。

白薇的创作倾向于表达对社会的不满，反对贵族资产阶级，她欲将深藏在虚伪面具之后的创伤揭露于光天化日之下。

除上述之主要作家成员外，未名社另有其他作家成员，如史济行、饶超华、孙松泉等等。

十二、中国左翼作家联盟与新写实主义

1927 年，时任中山大学教授的成仿吾发表了一篇题为《从文学革命到革命文学》的文章。在此文中，他试图发展无产阶级文学之原则。希望由此能够围绕创造社和太阳社开展新一轮文学运动，囊括所有新兴文学领域。其主要内容是：推广革命文学，反对个人主义，普及共产主义新写实主义文学。实际上此群体之活动范围仅限于广东。

此间，与此类似，以鲁迅和《语丝》周刊为中心的文学运动于中国北方悄然兴起。其宗旨在于反对以沙龙文学和象牙塔文学为核心的新月社。然北京之文学派别并未似广东之文学派别那等激进。鲁迅所捍卫之新写实主义实则源于社会现实主义。鲁迅与其大多数亲友并非共产党员，与第三国际也并无瓜葛。他们抨击阶级斗争是解决社会问题的唯一办法之理论。显然，其思想受到普列汉诺与卢那察尔斯基的孟什维克学说（极简主义）之影响，将农业共产主义置于首要地位。相对于布尔什维克（极端主义分子）所推崇之国际主义与军事、社会和宗教上之反帝国主义，他们更认同具普世性之人道主义。[①]

成仿吾在其文章中对多种多样之文学流派做出了批判，郭沫若后又对其文章做出评论。对于两个敌对的阵营，鲁迅持中立态度。作为勇敢且有经验的战士，其斗争持续了两年，最终

①参见鲁迅：《二心集》，第79—96页。

结束于治安条例之限制。

国民党的胜利拉开"肃清共产党与反国民党势力"之序幕。共产主义与反对国民党之信仰遭到国民政府全面围剿。政府对出版物的审查也是不留情面的,对共产党确切之宣传及向国民党深表同情之文章均一视同仁。鲁迅在《且介亭杂文》中记述了此事:"中央宣传委员会也查禁了一大批书,计一百四十九种,凡是销行较多的,几乎都包括在里面。中国左翼作家的作品,自然大抵是被禁止的,而且又禁到译文,要举出几个作者来,那就是高尔基、卢那卡尔斯基、斐定、法捷耶夫、绥拉菲摩维支、辛克莱,甚而至于梅迪林克、梭罗克勃、斯忒林培克。上海与广东成为实施查禁之主要城市,北京次之。这是由于 1928 年国民革命失败后,大量知识分子逃亡至上海,并于此在外国特权的庇护下,尤其是法国人的保护下继续开展地下宣传活动。他们所遭受的迫害及国民政府之清剿激发了其斗志,《语丝》周刊成员对其所遭受之迫害深表同情。"

鉴于此,中国左翼作家联盟于 1930 年 3 月 2 日在上海成立,共有五十多名成员,其中包括:鲁迅、郁达夫、田汉、钱杏邨、沈端先、冯乃超、蒋光慈、彭康、丁玲、龚冰庐、洪灵菲、胡也频等等。很明显,上述所列人物均隶属于统一战线,该战线成员持有相同观点、统一的纲领、一致的目标。因此,若一味不加区别地使用"共产主义"这一形容词来修饰是不恰当的。

联盟内部提出,各独立委员会主要研究三个问题:马克思主义艺术与文学之原则;世界文化,尤其是苏俄文化,这点与未名社之纲领相左;文艺大众化。

王哲甫给出革命文学定义,这与这一运动中一些作家意见一致,但并未被中国左翼作家联盟中大部分成员所承认。他写道:"革命文学史循历史进化的原则,随着紧急社会的变迁,而产生的一种新的文学，以无产阶级的思想与意识为它的内容，以无产阶级的大众生活为描写的对象，而能领导无产群众向着最后的方向进行的文学。"

主要机关刊物有：《萌芽》《拓荒者》《现代小说》《大众艺术》《世界文化》《北斗》《文学月报》等等。

鲁迅在会议上对中国左翼作家联盟之指导原则做出了解释：联盟希望能够和实际的社会斗争接触。与从前文人诗人远离实际斗争，仅满足于沙龙社会主义相反，联盟成员自此需注重实际，考虑到革命之具体形势。不应以上世纪社会主义的方式，追求空想和浪漫的革命。这种方式会以未来人间天堂来蒙蔽人的眼睛。用黑格尔启示录般的语言来说，这一天堂便是"继论题（资本主义）与反题（革命）而来之综述"。在这一"天堂"中，文人与诗人如同上帝般被奉为神明。历史证明，此等幻想只能带来不可避免之幻灭与失望，崩塌与毁灭。要确信革命是痛苦的，必须要有流血和牺牲。斗争是生命之固有属性，因此，胜利后亦不可松懈，生生不息，奋斗不止。

鲁迅在总结联盟处境时说道："我们希望加入反封建社会的斗争中。这一斗争将会是全面的、激烈的、持久的。我们将坚持到底，绝不投降，绝不妥协，因为妥协会削弱力量，是失败的开始。"

联盟之目的在于通过书写来传播理念，来培养有能力的作家，而后通过原创文章和译作传播信仰。

鲁迅认为，在 1930 年之前，革命者极具苏联风格，他们过度轻率地模仿苏联模式，并未将其与中国特殊的社会现状相匹配。此外，一些革命主导者的个人生活与其所倡导之理念大相径庭，缺乏真诚。以成仿吾为例，他将革命看作一种恐怖的延续，主张胜利后对反革命人士进行屠杀，而非革命者则禁止踏入社会与文学领域。鲁迅认为，这一恐怖主义应被谴责。革命目的并非死亡，而是生存。

在鲁迅及其同志口中，受到布卡涅夫、卢那察尔斯基、克鲁泡特金以及其他思想家激发出来的新思想对于 1930 年的中国来说，是一种革新。实际上，从 1911 年起许多知识分子奋起维护这些思想。李石曾经将新思想从法国引入中国，法国人称之为无政府主义。1927 年，斯大林在托特斯基政治事件获得胜利后，将新思想推广提上日程，但是，多多少少根据当时其具体情况加以调整。自此，这些新思想又一次逐步渗透到中国。

有时人们欲区分革命文学或者无产阶级文学与新写实主义的文学，后者多以人民所受压迫、专制、抵抗以及反叛为主题。若不将其完全辨别清楚，便无法得知上述两种文学之共同点。陈勺水在《论新写实主义》中对新写实主义之特征做出了明确界定，并论及新写实主义与左翼作家运动之同源关系，如下：

> 人们有时倾向于认为新写实主义的本质是无产者对土地所有者的不满、愤怒、反抗之描写。其实并非如此。同样的描述也会让一些勇敢的追求浪漫主义的年轻人满意。这些人善于煽动不满情绪，但是他们并不能直接给予生命积极向上、好心情亦或是慰藉和启迪。生命并非是仇恨或者简单的爱情所能驾驭的。虽然他们的创作基于现实事物，但他们也仅仅停留于写实的浪漫主义之层级。鉴于此，这类作家不能够被放入新写实主义之列。
>
> 还有将对于无产者那些或悲剧、或阴郁、或可憎的生活之描写视为新写实主义之产物。如若此话为真，那么新写实主义早在 19 世纪便已经存在。实际上，左拉等自然主义作家早已通过一种令人心碎之方式描写了无产者艰难

的生活。但是这些作品充满了被动、消极与绝望。他们与20世纪无产者之特质有着天壤之别。

有些作品刻画了无产者理想谦虚之形象，描述其一生事迹与优良品德。这些作品或许在积极乐观之态度与教授人们如何思考、如何做事方面占优势，但它们过于理想化。这类作品也不能划归至新写实主义之范畴内，充其量只是宣传册子罢了。

还有一些只对无产者进行刻画，为的是有机会发展其工人运动之理论。这些人将关于资产阶级之叙述以及对资产阶级单调冗长的咒骂与侮辱在文章中发挥得淋漓尽致。这类作品亦不属于新写实主义，而是另一类用于宣传之文本。

最后还有一系列作家自诩为现实主义者。他们批判当代社会之弊端与不正之风、帝国主义、资本主义与社会……（张恨水属于这一类别）。由于他们并非以与其读者沟通之意愿作为写作目的，未能传递活力与生命力，因此他们亦不能被归入新写实主义之列。①

基于新写实主义之特点，陈勺水指出，那些仅处于社会和集体层面之描述，并不涉及个人英雄。他认为，这一态势符合当时的实际情况，能够唤起人民大众的理解。作家对个人性格进行分析与描写应该被允许，且不应从其本人角度出发，而应从其所在既定群体角度出发。新写实主义不仅仅描写阶层、境遇，还涉及社会活动，旨在刺激无产者新一轮的运动的爆发，这一运动能够改变固有社会秩序，这是其另一个特点。新写实

①阵勺水：《论新写实主义》，《乐群》月报 1929 年第 1 期。

主义不再像其呈现出来的那样，为了精神上之兴趣而描述性格，而是作为一种诠释社会生命力方式之存在。与此同时，新写实主义也不从个人角度来看人性，而是将其作为社会群体之一部分来看待。正因如此，在新写实主义小说中，没有主人公的存在。

要想被归入新写实主义，一个作品还要拥有一定的情热，以及表现出更贴近读者之审美。在这里审美并不是理论上或者艺术上之美学，后者只是精英之特权，普罗大众无法理解，亦无法感受。相反，我们所论及之审美与一种情感相关，这种情感能够推动大众追求更好的生活质量。

最后，新写实主义以事实与现实为基础，且并未给梦想派留有任何余地。新写实主义所能承认之理想要从事实出发，实事求是，与实际情况相结合且实际可行。所有无法满足上述条件之理想皆为有害无益、徒劳无功的，应予以摒弃。

一系列政治事件阻碍这一流派作家发展、实施其构思之计划。自1936年起，统一战线之政体有利于这一流派些许言论自由之权利。但是自那日起，其注意力与力量因另一强大之任务而被完全消耗殆尽——战争文学。

在这一流派中，最有代表性之作家列举如下。

赵平复，笔名柔石，1902年，生于浙江宁海。家族惨遭厄运后，一蹶不振，沦为贫苦人家。其父母靠小生意过活。平复直到六岁才得以跨入学堂。1918年，他考入浙江省立第一师范。他很快展现出对于文学的热爱，并加入文学社团晨光社。从获得小学教师资格证后，在许多学校任教，业余时间不断创作多部中短篇小说和散文，其短篇小说集《疯人》于宁波出版。1925年他定居北京，在国立北京大学（今北京大学）当一名旁听生。后来，他离京南下，到镇海中学任教，担任校教务主任。

由于患有肺结核，其健康状况不佳。这使得他不得不离开讲台，但他继续忙于创办杂志，目标为宁海的青少年人群。1927年被任命为宁海县教育局局长后，他恪尽职守，认真履行其工作职能。1928年，平复参与了一场起义当中（旁亭起义），起义很快遭到了镇压，此次起义涉及地区范围很广。后宁海中学被明令解散，而他定居上海，专心于文学创作。通过杂志《语丝》，他将许多外国作家之作品引入中国，这些作品主要来自于北欧与东欧国家。

1930年，他加入中国左翼作家联盟。他对无产阶级创作事业之热忱使其迅速成为联盟中炙手可热之人物。同年，他代表联盟参加全国苏维埃区域代表大会。后不久出版其名为《一个伟大的印象》之著作。1931年国民党肃清运动结束其革命生涯，1月17日被捕后，2月7日壮烈牺牲。

他发表了很多部戏剧，如《人间的喜剧》。小说有《旧时代之死》《二月》《希望》等等。最后，他还有多部译作，以卢那察尔斯基、高尔基以及其他苏俄作家为主。

台静农，1903年生于安徽霍邱。中学后入北京大学学习，五年后获得大学教师资格证书。还曾经担任北京天主教大学书记一职。他曾两次因对共产主义之热爱而锒铛入狱。1942年，他任教于四川大学。他还是未名社的积极分子。在未名社的机关刊物中，他发表了多部反对国民政府统治之小说，例如《地之子》《建塔者》等等。

钱杏邨，笔名阿英或魏如晦，安徽人，以文学批评著称。其作品有：《现代中国文学作家》《创作与生活》《安特列夫评传》《现代中国文学论》《中国新文学运动史资料》《现代中国女作家》等等。其《史料·索引》被编入《中国新文学大系》一书。1933年，他以阿英为名，出版一本与当代文学研究相关之书籍。

他也是著名的作家。在其文学评论与文学作品中，他总是坚持无产阶级文学与列宁马克思主义之大纲。他将作品发表于左翼杂志中，例如《拓荒者》《太阳》《现代小说》《海风》《新星》等等。在其众多文学作品中，必须提及《义冢》《一条鞭痕》《暴风雨的前夜》《饿人与饥鹰》。在这些作品中，他刻画了资产阶级赋予工人阶级之重压，以致最终激发革命。

他还尝试写过戏剧，1941年，剧艺出版社出版的《不夜城》，是一出三幕剧。这部剧平淡无味，没有趣味或文学价值，却充斥着共产主义的意识形态。忠于1927年革命文学所宣称的程序，他的作品具有其所有特殊的特征。他还有其他戏剧，例如《满城风雨》《群莺乱飞》《碧血花》《海国英雄》《杨娥传》等等。

蒋光慈，1901年生于安徽霍邱，曾在莫斯科的东方大学留学，在那里专门研究俄罗斯新文学。回到中国后，他成为革命文学的先驱。早在其他人之前他便在《新青年》杂志上发表了相关主题的文章，该文章名为《无产阶级革命与文学》。1925年，他担任了上海大学的教授，成了陈独秀的下属，并在《创造月刊》《文学周报》和《洪水》等杂志中开始从事文学活动。

1927年，他在上海创办了太阳社，并与钱杏邨、杨邨人、孟超、迅雷等人合作发行《太阳月刊》。当年，该杂志被取缔。1930年，蒋光慈又与原班人马创办了《拓荒者》杂志，六个月后该杂志也被取缔。在同一时期，蒋光慈与他人合作撰写了《新流杂志》《时代文艺》和其他许多具有共产主义倾向的杂志。

由于体质虚弱，他于1931年8月在上海一家医院死于痨病，此时仅有一位护工朋友吴似鸿在看护他。

左派的钱杏邨对蒋光慈的作品提出了相当公正的批评。他说："我们可以将蒋光慈与现代俄国作家德米安·贝迪尼进行比较。他以人民群众为己任，从不认为自己作为文学家就高人一等。他的创作与现实息息相关，可以说是应召而写。当集体拥有诉求时，他就会拿起笔杆子。他挥笔如同工人和农民使用他们的生产工具：只有一个现实而具体的目标。从审美角度来看，他的诗有很多缺点，因为他只使用人民的通俗语言，但他不在意这个。他只是与人民群众并肩作战罢了，他的作品传达出了无产阶级的快乐和悲哀，这也是许多伟大作家从未企及的。文学评论家会责骂他，甚至将他排除在封闭的文学领域之外。但是工人、士兵、农民崇敬他，视他为他们的诗人和他们所需要的人。蒋光慈还有一部类似的作品，被文学评论家以同样的方式对待，实际上，它的文学价值不是很高。但是他读懂了人民。"

他出版的第一本著作为一本诗集，名为《新梦》（上海书店，1925 年）。此书创作于其莫斯科留学期间。而后是《哀中国》（北新书局，1925年），此书为其回国后所创诗歌之合集。1929年，他将前两部书籍再版，合二为一，命名《战鼓》。此书并不具有任何文学价值，仅充满了其对布尔什维克苏俄之赞扬与狂热崇拜。事实上，他就是如此行事，毫无疑问、毫无悬念且没有丝毫犹豫。这便是虚拟现实主义之问题所在。其上述三个版本的诗集以被政府查禁而告终。回到中国后，作者与中国实际相结合，因此产生了怀疑与不安。

同年，他开始其《青年三部曲》包括《少年漂泊者》《鸭绿红上》《短裤党》的创作。在这一作品中，他发展了向着全面革命实现之三步骤。

在《少年漂泊者》中，作者向人们展现青年时代的第一阶段。人们产生质疑，且束手无策，认为有革命之必要，但是何时，如何去做？

《鸭绿红上》，向前迈了一步。作者亲历 1925 年 5 月 30 日之"五卅惨案"，以及大城市之工人运动。在此作品中，我们加入到新的运动当中。路在何方？蒋并不清楚，但他想成为刚刚在拉开序幕之运动中的年轻人的领导者，在本书序言中，他表明："朋友们，不要叫我诗人，我只是你们为荣耀而战之冲锋号，当你们赢得胜利，我的使命便终结于此。"

《短裤党》，于上一本书出版后翌年出版。战斗计划现已准备好，工人群众、革命者、士兵和青年人皆应为革命工作而奋斗。在此书中，作者特别指出青年人之活动，与之为争取共产主义事业胜利而做出的牺牲。

1927年后，蒋光慈退居汉口，他在此创作三部作品，于红色首都上演。在《野祭》中，他讲述了一位年轻的女革命者的牺牲。虽然整部作品围绕爱情故事展开，却让人强烈感受到其中共产主义革命之活动与氛围。后出版《菊芬》，主题大抵相同。后出版《哭诉》实为一本充满柔情之诗集，其中诗歌多为诗人与其母对话，斥责近七年里中国社会之不公。尤其是最后一本诗集，情感丰富且应用大量标语口语。

不久后出版之《罪人》汇集许多好与不好之夸张观点，这些观点零零散散分布于之前出版的那些作品中。

此时，他创作了《纪念碑》《异邦与故国》《丽莎的哀怨》《最后的微笑》。译著有：《一周间》《爱的分野》《新司令》《春天的微笑》等等。

除小说外，还有《俄罗斯文学》，第一部分涉及他对苏俄文学之研究；第二部分则为瞿秋白所研究之俄罗斯古代文学。瞿秋白与蒋光慈一样，皆为上海大学教授。

很容易就能看出，其所有作品只有一个方向，而每部作品貌似位于一张地图之既定位置。蒋不想成为幽默作家，或艺术业外行。他只有一点担心：革命宣传标语与之文学。对于其作品之文学评论，钱杏邨如此批判："粗俗、浅薄、鲁莽、句子不通，诗歌是标语口号，太重理论……写得太坏了。"

向培良生于湖南黔阳，著名的文学评论家、剧作家。高长虹之友，二人曾一同于狂飙社活动。后转而加入民族主义文学。

其作品有：《沉闷的戏剧》《光明的喜剧》《不忠实的爱情》《我离开十字街头》《英雄与美人》等等。

谢冰莹，1906年生于湖南新化。就读于湖南省立第一女校，后考入武汉的中央军事政治学校，结束学业后赴日本继续深造。武汉政府时期，他加入中央军事政治学校女生队。

她在《中央日报》中连载了讲述其军旅经历的小册子《从军日记》。该作品被林语堂译为英文，并在该报的英文版出版，称得上是革命文学典型作品，但却直至1929年才分册汇编，并被译为英、俄、日、法四国语言出版。

此外，其亦著有《血流》《青年王国才》《伟大的女性》《前路》《麓山集》《中学生小说》《我的学生生活》《一个女兵的自传》等多部作品。

洪灵菲，笔名李铁郎，新写实主义与革命文学典型代表。其主要作品及译作有：《流亡》《转变》《归家》《地下室手记》《赌徒》等。

杨邨人，1924年起，于《晨报副刊》撰文，默默无闻，并无名气。后其与蒋光慈、钱杏邨等人共同踏上革命文学的道路。

其作品有：《失踪》《狂澜》《战线上》等。

沈端先，著名左翼翻译作家，其作品主要有：《平林泰子集》《高尔基传》《败北》《奸细》以及诸多译自日文作品的著作，包括《沉醉的太阳》《母亲》以及《恋爱之路》。

叶灵凤，南京人，1925年后加入创造社，曾主编《洪水》半月刊，后与潘汉年等人共同创立幻社，并主编《幻州》《戈壁》《现代小说》《现代文艺》以及《万象》等诸多报纸杂志。

叶灵凤尤其以描写病态三角恋的悲剧著称，其此类作品主要有：《菊子夫人》《女娲氏之遗孽》《鸠绿媚》《红的天使》《处女的梦》《白叶杂记》《天竹》《灵凤小品集》，译作有：《九月的玫瑰》《白利与露西》《新俄短篇小说集》《蒙地加罗》。

潘梓年，1893 年生于江苏宜兴，潘汉年堂兄，毕业于国立北京大学哲学系，以哲学家、教育家知名，先后于保定中学、中法大学、中俄大学及上海诸多大学任教，并创办机关报《新华日报》。其于 1933 年 5 月 14 日与丁玲一同被捕入狱后失踪。

主要著作：《文学概论》；译作：《大块文章》《明日之学校》《动的心理学》《逻辑归纳法和演绎法》等。

戴平万，又名万叶，无产阶级新写实主义作家，其作品主要围绕革命儿童与革命工人展开，著名译作家。主要译作有：《求真者》。

姚杉尊，笔名蓬子、小莹，浙江诸暨人，于北京参与文化革命，后于上海主编杂志《文学月报》。1930 年参加中国左翼作家联盟，任党组宣传部长。1939 年加入回教文化研究会。1942年于《新文杂志》领导抗战文学。

姚杉尊以小说家、翻译家著称，其主要作品有：《银铃》《蓬子诗钞》《剪影集》；译作：《结婚集》《妇人之梦》《处女的心》《饥饿的光芒》《小天使》《我的童年》《没有樱花》《盗用公款的人们》等。

周起应，湖南益阳人，曾任鲁迅艺术文学院院长。主要作品有：《苏俄的音乐》《果尔德短篇杰作选》《大学生私生活》《伟大的恋爱》等。

此外，中国左翼作家联盟中仍有一批作家，本书于此未能予详细介绍，其中包括：

李守章，代表作《跋涉的人们》；叶永蓁，代表作《小小十年》；魏金枝，代表作《七封书信的自传》；刘一梦，代表作《失业以后》；等。

十三、民族主义文学

　　20 世纪 30 年代，国民党内有大批青年毕业于欧美之高校，长期浸淫于西方实用主义、民主政治与民族主义之理论，遂欲将其理念植入中国之社会。因而，此政治理念指导下之民族主义文学创作极力反对左派文学，称其似法西斯一般，妄图摧毁一切政治与思想之自由。与此同时，左派文学作家也以其特有之文学创作原则公然予以反击，以 1920 年来共产主义者所传播之代表性言辞，指责民族主义者企图维护资本主义与帝国主义。

　　民族主义文艺运动兴起于 1930 年 6 月，该文学派别认为：中国文学之发展遭遇两大威胁，其一为保守主义，过于在意中国文学之传统；其二为左派文学，一味追求普罗文学，欲将艺术扣以"阶级"之名。面对这两大威胁，民族主义者欲为其寻求中立之位置，称："就其根源，吾等深知艺术作品并非源自某些个体之思想，然是整个民族之思想。一部作品中所表现的，也并非仅有才华、艺术、思想与形式，亦有艺术家所处民族之氛围。因而艺术家之终极使命，乃是提升整个民族之思想与觉悟。"

　　诚然，民族主义文学鼓舞了爱国主义之觉醒与民族之复兴，然其与政治联系过于紧密，几乎已成为其政党赋予之任务之一。

　　著名民族主义作家有：黄震遐、傅彦长、苏凤（原名姚庚夔)、甘豫庆、沙珊、王平陵、范争波、陈抱一、施蛰存等，其主要刊物为《文艺》月刊与《前锋》月刊。

十四、自由运动大同盟

　　中国左翼作家联盟，由信奉共产主义与苏维埃主义文人组成。成立期间，受宪兵与当局压制，遂地下活动直至 1936 年。与此同时，右翼作家则以政党与民族主义文学为题。暂且不论左联之激进主义，两派人士皆渴望身处党派斗争之外，以捍卫岌岌可危之自由。基于此共同目标，两派人士于上海共创中国自由运动大同盟。著名政治家、哲学家、文学家蔡元培为主要成员之一。虽同为实现文学之自由，然意见之分歧不可避。有反马列主义者，亦有发展普罗文学或民族文学之士。有左翼阵营者，亦有拥护汉口政府之士。有与陈独秀反对派联合之托洛茨基主义者，亦有信奉托尔斯泰之无政府主义之士。还有不少人士热衷探索俄国孟什维克，包括普列汉若夫、波格丹诺夫、安德烈夫……另有立场较为独立之文人，包括胡适、林语堂等。然其共同之目标皆为在这个允许各反对党派共存的国家内，实现话语言论之自由。此外，即便当局政府对日侵华采取不抵抗政策，导致中国之和平与统一大业难以实现，然其中绝大多数文人皆为宣扬抗日思想而奔走，这也使得其一切活动皆需谨慎。

　　1930 年 2 月，鲁迅、郁达夫、田汉、郑伯奇等数位知名作家联合商人、记者、律师和教师等社会各界人士，共创中国自由运动大同盟。其宣言称："自由是人类的第二生命，不自由，毋宁死！我们处在现在统治之下，竟毫无自由之可言！查禁书报，思想不能自由；检查新闻，言语不能自由；封闭学校，教育读书不能自由。一切群众组织，未经委派整理，便遭封禁，集会结社不能自由。至于一切劳苦群众征求改进自己生活的罢工抗租的行动更遭绝对禁止，甚至任意拘捕，偶语弃市，身体生命全无保障。不自由之痛苦，真达于极点。我们组织自由运动大同盟，坚决为自由而斗争。感受不自由痛苦的人民团结起来，团结到自由运动大同盟旗帜之下来共同奋斗。"

与此同时，另一团体"第三种人"应运而生。"第三种人"，顾名思义，独立于极左与极右派别之外。该流派反对民族主义文学，指出其"摧残思想的自由，阻碍文艺之自由的创造。文学与艺术至死也是自由的、民主的。因此，所谓民族文艺是应该使一切真正爱护文艺的人鄙视的"。"第三种人"对于普罗文学也激励反对，将其称为"革命八股"。瞿秋白详细阐述了团体产生之意义，他说道："吾等不愿变为煽动者，亦不愿变为资本家之阿谀者。当吾等读及所谓文学批评与新文学理论之时，深感恶心。吾等竟被夺去了多少自由！随便提笔，各方责骂接踵而至，资本主义的、小资产阶级的，甚至是法西斯主义的。啊，命运之可悲！文人墨客也不得已停罢手中之笔。"

自 1932 年初，新文学发展之路便困难重重，一度走入绝境。1 月，上海商务印书馆遭日军炸毁，《小说月报》停刊，《北斗》与《文汇月报》遭当局审查停刊。1932 年 5 月，施蛰存、戴望舒、杜衡与刘呐鸥创立《现代》杂志，欲拯救风雨飘摇之新文学。尽管数次更名，该杂志仍坚持多年。早在 1926 年，四人已于震旦大学学习法语，为日后旅法学习做准备。当时的上海社会动荡，南京路上学生与工人爱国运动此起彼伏。历史让四人"走到十字街头"，身处动乱之社会，四人决定拿起笔杆子投入革命的洪流中。四人共同创办《璎珞》旬刊，仅四期便以失败告终。随后，四人搜集文稿，重新创办《文学工场》，由光华书局出版。然书局老板恐内容极左，有被禁之虞，不敢刊印，《文学工场》遂于出版前便夭折。

与此同时，四人还编纂两套丛书，其一为《萤火丛书》，由光华书局印刷；其二为《彳亍丛书》，由开明书店印刷。四人自称水沫社，虽有几部书作问世，仍远远不够。1927年，刘呐鸥创立第一线书店，并与友人合办《无轨列车》。不到一年，《无轨列车》仍难逃厄运。第一线书店也不得已更名为水沫书店。主持水沫书店期间，刘呐鸥请友人引入俄文译本书籍，随后不少书籍相继出版。直至1932年，因经费困难，刘呐鸥不得不关闭水沫书店，其友人亦离开。

随后，施蛰存欲创办一新文学团体，不左倾亦不右倾。施蛰存联系现代书局，邀其旧友新朋共创《现代》杂志。该杂志创刊之初便获成功，各地文人随即前来合作。后施蛰存邀杜衡合编《现代》。然二人于不久后就文学之定义与意义产生分歧，遂于1935年双双离开。后《现代》由汪馥泉主持直至现代书局关闭而停刊。

《现代》杂志作者众多，包括陈雪帆、欧阳予倩、茅盾、鲁彦、巴金、叶绍钧、老舍、李金发、张天翼、穆时英等。[1]

另有一派以林语堂为核心自由文人，称之为"茶话派文学"，代表了资产阶级与小资产阶级视文学为消遣之思想。其主要宗旨为毋牵连己身，应笑看世间万物，莫要在意对错。主要刊物《论语》于1932年由林语堂主办，周作人、俞平伯、废名、徐訏等人合办。之后，《人间世》创办，后于1935年由以刊登外国译作为主的《西风》取代。1932年12月，该派于杭州创办地区性刊物《文艺茶话》。

---

①参见杨之华编《文坛史料》，中华日报社，1943，第393—394页。

谈及追寻自由，反抗压迫，团结一致欲捍卫生命与推动文化进步之刊物，不得不提及于 1934 年由立达书店发行的《文学》季刊。该杂志聚集旧时文学研究会成员，欲继续《小说月报》未竟之事业。董事会包括郑振铎、傅东华、茅盾、叶绍钧、陈望道、郁达夫、洪深、胡愈之与徐调孚。该刊直至 1935 年停刊。[①]

1936 年，巴金在上海创立文季社，并由良友书店发行其《文季》月刊，直至 1936 年 12 月停刊。[②]

谈及自由作家，几位对时代影响之深远，不得不提。

巴金，原名李尧棠，字芾甘。

巴金 1904 年生于四川成都封建官僚家庭，家族矛盾致幼年不幸。年仅五岁丧母，对其影响至深。1917 年，父亲离世，心痛万分，巴金化悲痛为觉醒，公然反抗其叔父之放纵生活，家族之封建礼教。《激流三部曲》中众多人物即以其叔父为原型。巴金于《家》中刻画人物之生动，跃然纸上。长久以来，其对家族之怨恨渐化为对中国封建家庭之鞭笞。巴金身处封建礼教之家庭，深知其苦楚，不求其改变，但求其废除。然，巴金未描绘取代之家庭。小说中人物亦以离家谋求新生而告终，却未有新生之详尽描述。其唯一之所愿，便是彻底之毁灭。

1920 年，巴金于成都外国语专门学校求学，其间偶得俄国无政府主义先驱克鲁泡特金与其弟子巴枯宁之译作，深受其思想之感染。为表其崇师之意，选巴枯宁与克鲁泡特金首尾各一字，巴金，为其笔名。

1923 年，巴金离成都去上海、南京求学，就读于东南大学附中，并与李石曾、吴稚辉相识，二人于 1910 年旅法期间即为

---

①参见杨之华编《文坛史料》，第 395 页。
②同上书，第 403 页。

无政府主义者。

1927 年，巴金赴法留学，然因国内政权动荡，补助金未到，不得已于一工厂打工为生。生活之艰辛使其对未来幻灭与厌倦。这一时期之悲苦生活使其著成《灭亡》，先于《小说月报》发表，后于 1929 年由开明书店出版。

1930 年，巴金翻译克鲁泡特金之自传《克鲁泡特金自传》。次年，巴金毅然投身文学创作，于 1933 年由开明书店出版小说《新生》。期间，巴金游历中国各地：上海、广东、青岛、天津、北京，仍未能寻得其所寻之处。

著名作品有：《死去的太阳》《复仇》《光明》《点滴》《梦与醉》《海底梦》《电椅》《地底下的俄罗斯》《俄罗斯十女杰》《沙丁》《家》《春》《秋》《雾》《雨》《电》《旅途随笔》《海行杂记》《将军》《金》《沉默》《神·鬼·人》《雪》《草原故事》……

巴金曾提道："我不相信辩证唯物主义，亦无感于阶级斗争。"受克鲁泡特金与托尔斯泰思想之影响，在其看来，中国社会之问题仅可依仗互助论方能解决。其旅法期间所知无政府主义使其向往俄国 19 世纪社会，这种神秘而乌托邦式的理论与中国哲学家庄子理论之朦胧与虚无极为相像。

巴金信仰无政府主义之虔诚，使其抛开一切权力与宗教。由于缺少上帝与彼世之思想，若以敏锐之目光读其作品，便有空洞之感。偶有几时痛苦之感实难逃脱，便也不禁只能呼喊老天爷。其作品大多道德观念极强，然却是基于模糊且无未来根基之社会意识，这使其相较于实践，稍显投机。曾有人于《中国国民集志》评论巴金道："即便其作品是由一位深受法国自然主义、俄国人道主义与共产主义影响之人所写，他决心结合国家正处时代更迭之特殊现实，阐述其思想体系。然其所做，皆为摒弃传统之教义，又未曾寻得走出现实迷宫之坦途。"

施蛰存，1905 年生于浙江杭州。受唐宋诗歌之启蒙，自 1916 年读中学起便开始写诗。胡适《尝试集》出版后，施蛰存对其特别研究，欲找寻中国新诗歌之灵感，然胡适之风格未如其所愿。1921 年郭沫若之《女神》问世，施蛰存潜心学习，深受其风格之启发，随后，尝试于《觉悟》《国民日报》陆续发表诗歌。

与此同时，施蛰存开始对俄国短篇小说的兴趣日益加深。其尝试于《小说月报》发表译作，未果。当时，其作品常被《觉悟》与《小说月报》退回，仅有部分诸如《礼拜六》《星期》之类二级期刊愿为其敞开大门。因此，不少批评家指其附庸鸳鸯蝴蝶派轻浮之势。然施蛰存极力反对，称其之所以与此类刊物合作，皆因其他刊物将其作品拒之门外。此番争辩过后，施蛰存暂停发表作品。

1923 年．施蛰存于上海大学求学，后转大同大学、震旦大学。其间，潜心研究文学创作，并寻求其作品出版之地，然未果。后其得知创造社，遂向郭沫若寄送两篇文稿欲发表于《创造月刊》。郭沫若接受其请求并邀之来家中商谈。施蛰存起初犹豫不决恐受牵连，几日后前往，然郭沫若已带两部手稿离开赴日。几周后，《创造月刊》停刊，希望再次落空后，施蛰存转向曾接受其诗歌的《现代评论》。

其间，施蛰存研习英文诗歌并翻译斯宾塞与莎士比亚之作品。1926 年，其与友人戴望舒、杜衡、刘呐鸥创《璎珞》旬刊，并于仅有之四期发表共两部短篇小说。随后，施蛰存受此文体之吸引，先后创作多部短篇小说，如仿日本小说所作《娟子姑娘》，1928 年于《小说月报》发表。后又仿新出版之俄短篇英译本 *Flying Osip*，创作《追》。后续短篇陆续发表于《无轨列车》。

1929 年，其第一部小说集《上元灯》由水沫书店出版，反响极佳。施蛰存深受鼓舞，继续此类作品之创作，于六个月后出版第二部小说集。

同年，普罗文学与革命文学开始盛行。受友人戴望舒、杜衡之影响，施蛰存开始关注于对此类文学。随后，其相继出版普罗文学《阿秀》与《花》。很快，施蛰存便意识到不应在既定框架内创作，只有灵感之本身方能驱使其创作才华，遂放弃继续此类文学之创作。自此，部分批评家指责其为新感觉主义。

自 1932 年后，施蛰存重新关注并投身于英美诗歌之研究，发表数篇诗歌于其同年主编之月刊《现代》。随后，施蛰存逐渐偏离其受友人影响追随数年之左派观点，终于 1935 年，与其友人杜衡分道扬镳，独自开始其创作之路。[①]

施蛰存于其几乎所有作品中均有描绘中产阶级宁静而平凡之生活，恰反映其自身生活之状：毫无做作、夸张与极端，以细腻温和之口吻抨击旧中国之社会。[②]

著名作品有：《将军底头》《梅雨之夕》《李师师》《无相庵小品》《云絮词》《域外文人日记抄》《晚明二十家小品》《善女人行品》《灯下集》……

戴克崇，笔名杜衡、苏汶，浙江人士。1925 年起就读于震旦大学，与施蛰存合办多本刊物。于自由文学运动期间，倾心于俄孟什维克之文学，然其未公开声援左派文学。

著名作品有：《怀乡集》《哨兵》《结婚集》《道林格雷画像》《黛丝》等。

胡秋原，1910 年生于湖北黄陂，国立武昌大学毕业，后赴早稻田大学学习政治经济学。回国后加入国民党，开始其政治生涯与文学创作。然不久后，由于政见相左，遂离开国民党，

---

①参见施蛰存：《灯下集》，开明书店，1937，第 72—82 页。
②参见王哲甫：《中国新文学运动史》，第 245 页。

于 1932 年加入社会民主党，与神州国光社同仁一道工作。其认同历史唯物主义，却极力反对共产者之列宁主义。

1933 年，胡秋原供职于福建省政府。1942 年，其仍为社会民主党之活跃分子。作为知名文学与社会学研究者，其著有《唯物史观艺术论》等著作。

章方叙，笔名靳以，与巴金合编《文季》月刊。其因猛烈抨击社会现状与官场恶习而闻名。巴金鞭笞中国封建家庭之时，靳以便以相似之笔法揭露社会体系的弊端与官场恶习。

著名作品有：《青的花》《珠落集》《群鸦》《圣型》《远天的冰雪》《秋花》《黄沙》《虫蚀》等。

萧红，共产主义女作家，其作品有短篇小说集《牛车上》等。

何其芳，毕业于北京大学，曾任教于延安艺术学院，著名作品有《刻意集》《画梦录》等。

曹葆华，1906 年生于四川乐山，毕业于清华大学文学系，民国二十年入该校研究院。著名作品有《寄诗魂》等。

艾芜，沙汀之友，游历四方后定居上海，受友人之鼓励，提笔将其云游之所见所闻记录成文，著名作品有《南行集》《夜景》等。

卞之琳，生于江苏海门，毕业于北京大学。1937 年后于四川大学任教，著名作品有《鱼目集》《汉园集》等。

陈白尘，笔名墨沙，1937 年抗日战争爆发后，在重庆、成都等地从事抗战戏剧运动和革命文化工作。曾任教于四川省立音乐戏剧学校。著名作品有《曼陀罗集》《小魏的江山》等。

黎烈文，湖南人士，先后于日本、法国求学。1932 年归国后任《申报·自由谈》主编，著名翻译家。

为使分类更为简洁，在此列出作品日益为人们所知之青年作家。

萧乾，以文学批评闻名，著有《书评研究》。此外，亦著有多部小说，如《梦之谷》等。

端木蕻良，原名曹汉文（曹京平），新现实主义作家，著有《大地的海》《科尔沁旗草原》《憎恨》等。

罗淑以其小说《生人妻》闻名。

芦焚著有《野鸟集》《里门拾记》等。

萧军著有《十月十五日》《羊》《江上》《绿叶底故事》等。

丽尼，原名郭安仁，著有《黄昏之献》《鹰之歌》《前夜》等。

蒋牧良著有《锑砂》《夜工》等。

周文著有《多产集》《烟苗季》《周文短篇小说集》等。

欧阳山，原名杨凤岐，另有笔名罗西，常年撰写小说，然多贫乏且缺少文学价值之作，著有《桃君的情人》《玫瑰残了》《爱之奔流》《你去吧》《蜜丝红》《流浪人的笔迹》《生底烦扰》等。

胡风，原名张光人，以文学批评与长篇小说著称。

沙汀，原名杨朝熙，著有《苦难》《航线》等。

十五、新戏剧

　　自 1918 年，《新青年》杂志刊登了以傅斯年、欧阳予倩以及胡适为代表的文章，对中国旧戏剧予以公开抨击，尤其批判其为老旧过时、日趋衰亡的旧中国文化之部分。傅斯年针对当时戏剧的现状以及亟待引入的变革进行了完整深入的研究①。作者于文中清楚阐释问题的两面性，即旧戏剧之适应问题及新戏剧之创造问题。"戏剧是人类自身活动及精神之表达，而非仅艺术手法之汇集。"故而，作者以为旧戏剧不可继续如此存在，因其已无任何积极意义，"全以不近人情为贵，近于人情反说无味"。中国戏剧之趣味，绝非在其情节本身，而仅在其物质上的欲望，最终归于物质上的自私，而此有悖于我们所处时代的精神。故此，必须开辟一条崭新的道路。

　　此外，作者亦指出，中国旧戏剧中充满矛盾。美学上的均比律被忽视：囚犯披着以丝绸锦缎做的戏剧服装，导致正常观众感到不悦，而过强的刺激性则造成单调及疲劳。同时，旧戏剧形式亦太嫌固定而缺乏自然，演员动作中之粗野亦过于夸大。最后，靡靡之音的音乐风格也与悲剧色彩相左。

　　该文尤其批判旧戏剧缺乏典雅高贵的思想：其中既无生活理念，亦无哲学原理，所见除去消遣与娱乐便空空如也。

　　因此，戏剧之变革涉及社会及道德的一面。既如此，倒不

　　①参见傅斯年：《戏剧改良各面观》。

如干脆将其删除。然而此亦不能实现。当下，我们仅能鼓励过渡戏。尽管其仍存有旧戏剧的糟粕，但其易于引入思想与论题。此即为包天笑作《思凡》、梅兰芳作《一缕麻》的意义所在。

最终的目的是开创新戏剧。因缺乏作品及演员，这对于大众以及戏剧作者均属不易。尽管如此，我们亦应向其靠近。我们所需的戏剧是文明戏，可从翻译西方戏剧开始。然而，这却又存在极大的不便：西方戏剧所沉浸的西方社会对于我们的观众而言是未知的。对此，我们可在完整保留其主题与精神的前提下，使其适应我们国家的背景从而予以弥补。

当我们自己创作戏剧时，我们应于我们当下的社会中寻找主题，为批判其弊端而非仅简单形容，"批评社会的戏剧，不专形容社会"。胡适借由其作品《终身大事》，成为首批尝试此类创新的人之一。然而此作也远远称不上成功，其余与其一道的人，虽进行了相似的尝试，却也均未成正果。可见，对于如此深刻的变革，当下思想尚未成熟。

伴随此次《新青年》杂志的初次抨击而来的，是一系列对于新戏剧的研究。人们开始翻译易卜生、萧伯纳以及王尔德等蜚声国际的戏剧作家之作品。诸多戏剧团体纷纷涌现，但结果却与期待相去甚远。

1921年5月，沈雁冰、陈大悲等作家创立民众戏剧社，却也仅是昙花一现，其杂志《戏剧》月刊仅于第六期便停止出版。

于1922年，陈大悲与其友人蒲伯英成立了北京人艺戏剧专门学校，1924年传言其因财务问题而解散。

同期，赵太侔与余上沅创立国立艺术专门学校，其与前者命运相近，亦未能成功。

最终，徐志摩于1926年在其参与编写的《晨报副刊》中创办《剧刊》，其目的在于强调新戏剧的重要，然而其在当时也仅限于一些翻译戏剧，极为散碎的中国戏剧碎片，过于主题化，全无编剧创作技巧，亦极大受到新文化运动过度之影响。影响较为深远，幸运地改变中国新戏剧，应属《新月》与《现代评论》。通过将闻一多极具经典之设计构思融于田汉及陈大悲之社会现实主义，徐志摩表达了其对于新戏剧的观点："戏剧是艺术的艺术，囊括了诗歌、文学、绘画、雕塑、建筑、音乐、舞蹈及其他所有艺术。简言之，戏剧是全部人类生活之艺术。希腊先贤曾言，艺术应由对人类生活模仿构成；而现代艺术则认为其应由对生活之评论构成。在以上两种假设中，我们均不得不承认艺术于戏剧中得以完美表达。倘若我们承认美术可激励与完善灵魂，则更为有效、更为沁人心脾、更令人满意、更为动人的表现形式，除戏剧之外，又有什么呢？以往所有的历史均见证着其对人们心灵的触动与震撼。于众多艺术形式中，戏剧拥有一种我们不能低估的力量。"若我们于戏剧的理论构想中加入俄罗斯孟什维克文化以及人道主义的含混不清、悲观主义及宿命论，则我们便可初见当下戏剧作品之概要内容。

除了徐志摩，此理论的推崇者主要有赵太侔、余上沅、熊佛西、丁西林、王静庵以及红豆馆主。他们并不仅限于理论，亦为实践开创了北京实验剧社。

至此，所有新戏剧变革活动均以北京为核心。自1925年后，上海最终成为新戏剧的首要阵地。

自1920年，田汉与其妻易漱瑜创立了南国社。田汉承认其想在戏剧中表达其所受到的双重影响。作为少年中国学会的会员，田希望从各个方面参与到新文化运动中。而作为富于浪漫理想主义的创造社的合作者，其创作风格亦受其影响。1924年后，田汉因不愿继续屈服于成仿吾之沙文主义而离开了创造社。田汉所希冀的是为近年日趋失去控制之中国文学注入新的艺术生命。

自此，尤其在其妻死后，田汉开始转向电影创作，牺牲了其戏剧天赋。他成功主编了杂志《南国》半月刊及《南国特刊》，并创立了南国电影剧社。

新戏剧史上另一极重要的团体是新中华戏剧协社。在谷剑尘的领导下，该社团于 1922 年在中华职业学校成立。次年春，其导演了两部作品，其一由其自己编写；另一部由陈大悲编写《英雄与美人》。然此仅为成功之半。同年，该社团引入新演员而向前更进一步。其中包括欧阳予倩及其自美国归来的友人、戏剧名家洪深。洪曾导演欧阳予倩编写的《泼妇》以及胡适编写的《终身大事》。1924 年，该社团创作了两部代表作：由王尔德的作品《温德米尔夫人的扇子》改编，洪深翻译并修改的《少奶奶的扇子》，以及汪仲贤的《好儿子》。尽管没有唯一确定的章程，但拥有所有合作者均可签署的具体的演出计划。其于正式公告中表示，社团意在传播现代的、文化的、艺术的戏剧。毋庸置疑的是新戏剧的意义，在于其打响了摧毁旧文化创立新中国的第一枪。为戏剧开辟新的道路，他们希冀着为人类开拓一条崭新的道路，而其结果将是一场整个中国社会所期待的变革。如下即为他们对当下社会中戏剧变革之使命的归纳："使义和团式的退化的迷信戏早早绝迹于中国的剧场，使引导人类向光明的人的路上去的艺术的戏剧，早立基础在我们新中华的国土内。"

如上用语本身或许稍显模糊，然而于 1917 年来的文学演变背景下，其意味却十分清晰。

此外，仍有一些影响更为微弱的社团，如朱穰丞与马彦祥领导的辛酉剧社、向培良与高长虹领导的狂飙社。

1921 年，以汇集在上海、南京为新戏剧进步贡献出所有精力为目的的社团——戏剧协社成立。然而各文学院校间巨大的差异使有效的合作举步维艰。尽管如此，众多戏剧中仍有一些共同特点：其均抛弃了个人主义、浪漫主义、伪感伤主义，欲向大众中去，倾向于战斗的写实。新戏剧如所有当代文学一样，被烙以社会、政治及国家事件之烙印。自1929年无产阶级戏剧诞生、1931年奉天事变、1932年上海事件后，戏剧便无可避免地踏上了战争时期之道路：宣传保家卫国及抵御外来侵略之思想。1936年后，即便社会公正及政治评论的主题亦为其让路。保卫危难中的祖国已远超一切。

于诸多著名的无产阶级剧作家中，尤其要提及《回声》之作者尤兢、《弃儿》之作者章泯、《工人之家》及《指印》之作者崔嵬。至今，其戏剧，尤其在城市中仍十分成功，拥有诸多受众。

从他们的角度，共产主义者，尤其在陕西省将流行的戏剧作为一种强势的宣传手段。每座学校、每支部队均有其巡回演出戏剧团演出简单而流行的戏剧。其中，最常见的主题即为保家卫国与社会正义。

仍有一些作者尝试将历史题材改编入西方戏剧框架以创作新戏剧（主要为中国戏剧）。然而相比于技巧与心理分析，其总是更关注欲表达之观点。这便是致其失败的主要原因，甚至是唯一原因。郭沫若的《王昭君》一剧便是如此，其戏剧背景设于元代，然而其主角却俨然是一个1927年反帝国主义的共产主义战士！同作者的另一部剧《卓文君》中，作为古人的主角竟大肆宣扬反对封建礼教，与1919年后新文化运动的小册子中所写如出一辙！王独清于其另一作品《杨贵妃之死》中也采用了相同的手法，甚至篡改广为人知的历史题材背景。

顾仲彝对此类戏剧持严厉批判的态度。他承认将西方戏剧之手法施于中国历史之大背景可创作出经典之作。历史中充满着极好的题材。此外，诸多经典世界文学著作亦取材于人民之历史。然而，当考虑到此类经典著作数目相对有限，中国新戏剧尚未如人们所希冀达到此类剧作之成就便不足为奇了。

顾认为，此类作品要求作者具有极高的天赋，其对西方戏剧的创作与技巧有深刻的认识，并对剧中人物之历史与心理深入研究。恰是如上关键元素的缺失，导致郭沫若与王独清的历史题材戏剧的失败。其随心所欲地肆意篡改历史。对于观众，历史作品的魅力在于其将众所周知的人物之性格、灵魂与光辉生动地再现。若非以此为目标，作品便会招致无聊，甚至是观众的反感。

以上两部剧作尤其引人反感之处，莫过于其人物与角色完全不符的长篇大论。一个历史人物以统治者之口吻滔滔不绝地讲述令人压抑的内容，恰似帝王时代年迈的大臣戴上飞行员头盔而非冠冕般尴尬。历史戏剧应考虑具体背景，却并不意味着不能挖掘人物的感情。诸如对祖国之热爱、对婚姻之忠诚等人类的感情是永恒存在的，不会因时代变迁而消亡，故而永远不会至于时代错误，但仍须保持其于整部作品中的一致性。

郭沫若的历史剧最重大的缺陷在于，其似乎找到了作者对一般文学所给予之定义的更为深刻的解释。文学应是革命的，应作为推广革命之工具。故而其历史戏剧完全导向反抗与革命。于是，戏剧中千年前王子与公主的台词变成了如今街头巷尾皆可听到的言论。

此外，如顾仲彝于同篇文章中所讲，历史戏剧作品创作的另一个困难即为所采用之语言。在历史戏剧中，服饰和场景应与主题相匹配，此一点是显然的。然而过于平常之语言易削弱戏剧主题之庄重。在西方的大型剧院中，诗歌形式语言之使用极大地克服了此困难，亦极大地保留了剧场与戏剧主题之魅力。

在中国，对于此类戏剧，评论家建议采用历史原著之用语，如《三国志》。如此可最大限度保留主题中庄重之格调。相比之下，采用更近于真实生活的语言，则怪异之感横生，美感尽失。

近些年，诸多作者重拾历史题材戏剧创作方法，其中舒湮以其编的《光明戏剧丛书》成为众多作者之中的佼佼者。选材历史主题之目的仅在于隐藏其背后的意义。事实上，明朝灭亡以及清军入关充满着抵抗外来侵略之英雄事迹，亦不乏势利小人及背信弃义者为蝇头小利而轻易出卖其祖国与同胞之事。尽管内容古老，然其主题却寓意深刻，仍适于当下，尤其适于在祖国遭受外来入侵者的蹂躏之时培养爱国主义情怀。此即这类戏剧之直接目的。顾仲彝于《恋爱与阴谋》中写道："这两年半以来的民族解放战争，证明了文艺为国家服役的功绩；特别是戏剧部门的帮助教育民众，记录抗战史实，宣传反侵略，动员民众保卫国土……它把国民的精神武装起来，协同完成伟大的任务，这一切将是中国戏剧运动史上最光荣的一页。"

在最伟大的当代剧作家中，我们不得不提及以下几位。

田汉，1898年生于湖南长沙，毕业于东京高等师范学校。回国后，结识了郭沫若、郁达夫、成仿吾以及张资平，并于一段时间通过创造社保持联系，但不久便因与成仿吾意见不合而离开该社，与其妻易漱瑜共同创立南国社。有时，郭沫若与郁达夫亦会参与进来。田欲研究艺术之全部，但尤其着重于戏剧与电影。妻子的病占据了田过多的时间，致使该社仅仅维系了四期。田在其杂志中出版了《获虎之夜》《咖啡店之一夜》等剧作。田称："此三篇剧作是我尝试时的作品，它们表达了青春的感伤、疑惑与爱情，以及青年反抗旧社会之全部精神。"

1925年其妻逝世，田汉悲痛欲绝。次年夏，其独自返回上海，心碎，已无心工作，终日浑浑噩噩。不久，田汉与著名女演员黄白英再婚。他梦想创作出一宏大的三部曲《三黄史剧》。第一部以 1911 年 3 月 29 日黄花岗起义为主题；第二部讲述 1911 年 10 月于黄鹤楼爆发的辛亥革命；第三部则以 1925 年 5 月 30 日南京路爆发的五卅运动为中心。实际上，田仅于《醒狮周报》的附刊——《南国特刊》出版了第一部。而《醒狮周报》由于其过于右倾，田汉伟大的梦想终究未能实现。

1926 年，一成立不久的电影公司——新少年影片公司，邀请田为其创作剧本。田很快便全身心地爱上了这种新的艺术。而后，他创立了南国电影剧社，并于一年后出版了其第一部电影，名为《到民间去》。如其所述，于该电影中，其欲表达其长久以来追求之理想及其从 1870 年的俄国文学，尤其是托尔斯泰处获得之理想：对传统形式主义之不满；对所谓的阶级权威的废弃；对劳动者生活的更多关注。

田汉对于中国戏剧与电影的严重缺陷有清楚认识，特别是缺少训练有素的专业人员。他积极联系上海艺术大学，并努力联合该校所有院系建立"艺术统一战线"，成功组织演出多部戏剧作品并大获成功。然而好景不长，不合与纷争突然降临。1928 年田离开该校并创立南国艺术学院，而此学院仅仅维系了六个月。

这一时期的戏剧作品有：《古潭的声音》《南归》《第五号病室》《火之跳舞》《孙中山之死》《苏州夜话》《暴风雨中的七个女性》《名优之死》《湖上的悲剧》《卡门》《银色的梦》《江村小景》《生之意志》《梅雨》等等。"如上所有之戏剧均蕴藏有深远意义。尽管普通大众难以如其所期地对其进行品味，其对所有知识分子却具有极高之价值。"①

---

① 王哲甫：《中国新文学运动史》，第 167 页。

田汉亦曾翻译的有:《哈姆雷特》《罗密欧与朱丽叶》《丁达奇尔之死》《莎乐美》等。

而其于 1930 年后创作之戏剧作品中,尤值一提的是《战友》。其描述了 1932 年上海事变后保家卫国之重要及抵抗日本侵略者之精神。

尽管倾向于左派,田汉却也并未与顾明道断绝来往。自 1937 年中日敌对后,任武汉国共合作军委会政治部第三厅第六处处长,指导宣传工作。

欧阳予倩,湖南浏阳人,欧阳予倩在其仍于早稻田大学学习文学时便在关注新戏剧,并与胡适、傅斯年一并于《新青年》杂志阐述其观点。

1922 年,欧阳予倩回国,加入戏剧协社,并于《泼妇》中扮演主角而声名鹊起。

1928 年,欧阳予倩与田汉共同工作于南国艺术学院,并很快以其电影艺术方面的天赋而广为人知。自此,他便积极工作于社会民主党,与国民党斗争,并投身 1933 年的福建事变。

戏剧《回家以后》可谓欧阳予倩风格戏剧之典型代表。该剧描述了一个中国学生为与另一身居海外的留学生共同生活,而抛弃妻子留学海外的场景。归国后,他被第一个妻子的贤惠与美德所打动。在其全家团圆之际,他的第二个妻子介入其家庭,灾难就此来临。整部戏剧仅用一幕,但其技术与心理上却获得了极大的成功。欧阳予倩还编写了社会剧《泼妇》《潘金莲》《国粹》《小英姑娘》《杨贵妃》《荆轲》《车夫之家》等。

1937 年后,欧阳予倩进行了诸多古代戏剧新形式创作,如《梁红玉》,其讲述了一宋代女英雄随夫征战金兵之事迹。作者意在借这些戏剧,促进中华民族在日本侵略者面前民族意识与民族团结的觉醒。战争戏剧还有《卢沟桥》《扬子江风暴》《夜》等。

洪深，1894年生于江苏武进，毕业于清华大学，毕业后于俄亥俄州立大学继续深造文学，继而入读哈佛大学戏剧训练班，并于考柏莱剧院附设戏剧学校研究戏剧艺术。归国后，其先后于复旦大学、青岛大学执教，后加入戏剧协社，并与明星影片公司以及田汉的南国社同期合作。其造访好莱坞，并创作第一部中文电影。

洪深以其改译剧作品而为大众所熟知，《第二梦》《少奶奶的扇子》等等。其独自创作的作品则有《五奎桥》《花花草草》《赵阎王》《寄生草》《洪深剧曲集》。其最为成功之代表作品当属改编自古剧的《桃花扇》。该剧1938年于上海演出，描绘了明末抵抗清军之景象。

陈大悲，浙江杭州人，其早期与茅盾合作于民众戏剧社，后与蒲伯英共同创立北京人艺戏剧专门学校，并于同期创立《戏剧》杂志。

陈大悲尤其以舞台监督知名。1924年前后，所有欲进行新戏剧创作之院校均邀请其对作品予以指导。

作品：《虎去狼来》《幽兰女士》《张四太太》《说不出》《英雄与美人》《爱美的戏剧》等。

蒲伯英，出生于四川省，其以陈大悲之合作者为大众所知。二人于人艺戏专共事。1934年，蒲伯英病逝。

1923年，蒲于《晨报副刊》出版其第一部剧作——六幕剧《道义之交》。该剧一经出版便迅速于各大院校上演，并取得巨大成功。该剧以友人之间的忠诚为主题，对青年之道德文化培养意义深远。

1923年，其于同一杂志出版四幕剧作品《阔人的孝道》。该剧描述了富人如何欺压穷人，以及其如何仅追求自身利益享乐而置不幸之人的苦难于不顾。

侯曜，广东番禺人，其自青年时代，便对新戏剧产生兴趣。1920年，其进入南京高等师范学校（后更名为国立东南大学）教育学系就读。期间，其与濮舜卿订婚，并与其一同创立东南剧社。

1921年，侯先后出版《复活的玫瑰》与《可怜闺里月》两部悲剧，描述了旧社会家族的专制与束缚以及婚姻选择自由的缺失。上述创作迅速于南京、北京等各文化中心演出，受到好评。侯曜酷爱文艺，受邀加入文学研究会。学成之后，其发起平民教育运动，并无私地为之奔走于全中国。

1924年，侯成为长城制造画片公司编剧主任。

侯曜对中国新戏剧极为赞赏。其作品均语言简明，通俗易懂，而其主题则多源于家庭生活、社会、婚姻及人类意识。

《山河泪》作为其佳作之一，描述了韩国遭遇外敌入侵而沦为殖民地之悲剧。其另一著作《弃妇》则以中国1924—1928年之妇女解放为主题。于作品《春的生日》中，作者手法突转，借象征派之手法，施以其风格，并引入音乐。

侯曜所创作之电影包括：《弃妇》《春闺梦里人》《摘星之女》等。

濮舜卿，又名濮僔，浙江人，中学就读于浙江省立女子师范学校，后考入东南大学，富于戏剧表演天赋。其与侯曜订婚，并与其共创东南剧社。作为丈夫戏剧作品中的女主角，其随夫一同加入文学研究会，并亦独立进行戏剧及电影创作。

濮主要创作了一系列的三部戏剧，均由文学研究会编辑：三幕剧《人间的乐园》、四幕剧《爱神的玩偶》以及独幕剧《黎明》。其作品之主题均以妇女解放及婚姻自由为中心。《人间的乐园》描述亚当与夏娃违背上帝旨意偷食禁果，但作者于此混入了与《圣经》中描述相左之剧情，塑造了一向往乐园外艰辛但却自由的生活，并欲以其方式于地上寻找乐园的夏娃形象，富于新文化运动初期之浪漫主义乌托邦之特点。

《爱神的玩偶》则以婚姻选择自由为主题，并被长城制造画片公司编为电影。

濮创作的《到光明之路》亦以妇女问题为主题。

熊佛西，1900 年生于江西丰城，1911 年大革命时期随父逃难至汉口，并于汉口接受初等教育。其对戏剧之初探于此时期已然萌芽。1920 年，其赴京并入读于燕京大学。出于热爱，其于戏剧之上倾注了大量时间，并创办《燕大周刊》。1924 年，熊于燕大毕业并赶赴哥伦比亚大学研究院攻读戏剧，并于 1926 年获硕士学位。归国后，其执教于国立北京艺术专门学校，并同时于燕大文学系授课。

1932 年，熊于河北定县主持中华平民教育促进会的农民戏剧实验。

富于出色之舞台监督及表演天赋，其于汉口读中学时期便已开始创作戏剧作品。其早期作品可追溯至 1919 年的《新闻记者》及《青春的悲哀》。不久，其又创作《新人的生活》及《这是谁的错》两部作品。此四部作品表现了中国的家庭问题、婚姻问题及女工问题；尽管均为早期作品，其仍取得了一定的成功。1926 年，熊于《东方杂志》出版《一片爱国心》，其为首部展示作者文学品质之作品，而熊亦于戏剧界声名鹊起。熊佛西之作品还包括：《洋状元》《蟋蟀》《王三》《诗人的悲剧》《喇叭》《艺术家》《爱情的结晶》《模特儿》《裸体》《苍蝇世界》《卧薪尝胆》《锄头健儿》《屠户》。

除戏剧外，熊佛西于新戏剧理论研究上亦有所建树。

丁西林，1893 年生于江苏泰兴，丁西林于伯明翰大学获理科硕士学位，继而先后于国立中央大学、国立北京大学及国立中央研究院物理研究所工作。而其同期亦与《现代评论》杂志合作，于戏剧界崭露头角。

丁之作品主要有：《一只马蜂》《亲爱的丈夫》《酒后》《压迫》以及《北京的空气》，均收于《西林独幕剧》中。其作品人物角色常为欲摆脱旧形式主义桎梏之人，新旧之对抗于其作品中得到鲜明表达。

汪仲贤，1921 年以来民众戏剧社中陈大悲与蒲伯英主要合作者，该社正式刊物《戏剧》编辑，其著名作品《好儿子》于 1924 年在上海演出，获极大成功。自 1925 年，其亦与欧阳予倩、洪深于戏剧协社合作。

马彦祥，生于上海，戏剧《母亲的遗像》作者，曾加入大道剧社并主编《现代戏剧》月刊。抗战初期，其居于汉口，创作诸多抗战戏剧，后其逃难至重庆。

顾一樵，又名顾毓琇，1902 年生于江苏无锡，于清华大学毕业后，其赴麻省理工大学就读，并获工程师及博士学位。归国后，其先后任浙江大学教授、中央大学及清华大学院长。

尽管出身理工，然其更广为人知的身份为戏剧家及作家。1930 年前，其已出版小说《芝兰与茉莉》。该剧亦使其于现代文学史扬名。此外，其亦出版多部戏剧作品，以现代形式表现历史及爱国的主题。1931 年 9 月沈阳事变后，其欲借作家的手段激发爱国主义情怀。然作品中浪漫情节及几幕过于残酷的场景常致使主旨弱化乃至被完全掩盖。

顾之作品主要有：《岳飞及其他》《西施》等。

曹禺，原名万家宝，1910 年生于天津，其于清华大学研究外国文学期间专注于戏剧研究。1936 年，于天津女子师范学校短暂执教后，赴南京国立戏剧专科学校任教。同年 8 月，与其诸位友人一道，为自由之中国而奔走，并于不久后于重庆就任国立戏剧学校校长。

曹禺无疑是中国当代戏剧界最为著名之作家，其作品展现出丰富的戏剧创作技巧，而作品的构思与创作更彰显出作者的才华横溢，其中多部作品被译为日语、法语、英语，并搬上荧幕。曹善于深入人物心理，直至灵魂深处最隐蔽的角落。此外，曹亦善于采用简明却又深刻、尖锐之语言展现其才华，丝毫不逊于新文化大师。

拜读其蜚声中外之著作《雷雨》，使人欲将其与世界文学中戏剧巨匠之作品相比，尤其是索福克勒斯的《俄狄浦斯王》。事实上，曹曾对希腊经典戏剧进行细致研究，特别是其在清华的岁月。

金无足赤，人无完人，曹之作品亦有不足之处。毋庸置疑，其作品过于尖锐，情节过于压缩，尚未充分发展便已至高潮；一些作品情节欠真实。①

此外，曹禺忧郁、悲观、宿命。对光明之渴望使曹禺的作品中处处可见其一颗颤抖的心的痕迹。其厌恶于邪恶世界的黑暗与罪行而难觅出路。对此，其以为唯一的出路即为天谴，令罪恶得以受到惩罚，即便牵扯无辜。于《日出》之序言中，其引用老子《道德经》的一段："天之道，高者仰之，下者举之；有馀者损之，不足者补之。天之道，损有馀而补不足。"尽管其对此认同，承认现实世界有时亦是如此，然其仍欲呼唤更高更稳定之天道。这是意识、理智，乃至整个灵魂向未知之天神，向光明发出的呐喊。于此序言中，其援引《圣经》中的一段话："吾即世之光明，追随吾者无复行于黑暗，将获生命之光。"此一点于其命运悲剧《雷雨》中尤为显著。该剧结局展现天主教像守护

---

① 参见徐运元：《从〈雷雨〉说到〈日出〉》。

天使般于失落的世界张开双翼，牺牲肉体与灵魂，以拯救被命运摧毁的人类。

简言之，曹身上蕴含着自己也难以理解的神秘的二重性，但其却凭借天才的直觉猜测到两者间可能的一致性。愿其终有一日能见到神带来的曙光，就如其所援引的那样："吾即世之光明。"

由此可见，对曹戏剧阅读的推荐仍须有所保留。其无与伦比的艺术才华与技巧弥补了其悲观主义与宿命论的不足。同样，在观赏其所创作戏剧的演出时，其所营造的危险而不真实的气氛令人迷醉，并于灵魂深处留下难以磨灭的印记。

愿其能为生活与世界中的问题找到出路，愿其终有一日能清楚地意识到其极高之才华，愿其作品不仅享誉中国现代文学，亦能于世界佳作之列。

其戏剧作品还有：《原野》《北京人》《正在想》《蜕变》以及由巴金同名小说改编的戏剧作品《家》。

顾仲彝，又名顾德隆，1903 年生于嘉兴，毕业于东南大学。后其于暨南大学任英语教授，并与商务印书馆合作，继而于 1930 年任复旦大学及中法剧艺学校外国文学教授，是著名小说家、剧作家及翻译家。

主要作品包括：《相鼠有皮》《梅萝香》《同胞姊妹》《埃及一瞥》《威尼斯商人》《刘三爷》《欧美演说文选》《英美独幕剧选》《富于想象的妇人》《恋爱与阴谋》。

李健吾，1906 年生于山西安邑。十五岁时，其于《文学》周报撰文《献给可爱的妈妈们》，届时，其文学才华便已初露锋芒。后其于清华大学研究外国文学，并毕业留校任副教授一段时间后，赴法国巴黎进修。

1936 年，其成为中国文艺家协会最为勤奋撰稿人之一。以散文与小说知名的李健吾，首先是剧作家。

与张天翼、老舍、林语堂相比，李更偏于幽默作家，其善于发现并表现所生活的社会的小毛病及小滑稽。然而，其幽默与如林语堂的不正常、过于高傲之幽默有天壤之别；亦不同于老舍之怀疑式幽默。李之幽默更为人性、严肃、深刻，也更为直率，其幽默与评论之终极意义并非嘲讽，而是唤醒读者，并将他们引向更为人性与完美之道路。以其1939年出版的《撒谎世家》为例，其对谎言及其可能导致的灾难予以了犀利尖刻的讽刺。截然不同于曹禺，李的抗争导向真实与真相；其刺破谎言，引领恶人走向更为高尚之生活。此即其与曹禺之极大不同。

就艺术及技法的角度，李难以望曹之项背，后者于其所有作品中均展现出其天才般的才华。然而，李总是显得人性、均衡、理智，对其才华与能力有更为清晰的认识，擅将伟大之事业付诸实践。对李健吾，伟大之事业并非疯狂地颠覆丑陋的社会，而是通过改变与转变，将所有污迹系统地彻底清除。李健吾从不将其思想抑或精神引向毁灭与死亡，相反，其向往更为丰富与完整之生命，而其作品实可谓"对中国之重构"。

其创作之主要作品有：《西山之云》《坛子》《心病》《梁允达》《意大利游简》《以身作则》《新学究》《撒谎世家》。

袁牧之，又名袁梅，浙江宁波人，以戏剧电影舞台监督知名，曾常驻于复旦剧社工作。

1930年，其于清华编辑创作《爱神的箭》。该剧有四部构成，分别为：《爱神的箭》《叛徒》以及《爱的面目》《水银》。与过渡时期多数作家相似，其作品亦仅围绕爱情问题展开。其第二部作品为四幕剧《玲玲》。该作品与深度及形式上均较第一部作品有极大提升。1931年，其再创《两个角色演的戏》及《三个大学生》。

袁昌英，1894 年生于湖南醴陵，先后于爱丁堡大学及巴黎大学研究文学。归国后，先后任中国公学教授及武汉大学教授。

　　袁昌英并非职业文人，但其最先接触、研究的是历史、艺术以及戏剧。其主要作品包括：《法兰西文学》与《西洋音乐史》。

　　对袁昌英而言，文学仅为消遣之用，而其余才是惬意与实用的。此即为袁昌英对文学与艺术之观点："根据叔本华的观点，人性最大之不幸即为其求生的意志。你可能陷于贫穷、疾病，但为求生，你依然与之抗争。生活得越久就经历越多的痛苦，但你求生的意志也越发坚强。求生之欲不容许你有丝毫的喘息时间。然而智者找到了冲破桎梏的办法，此即艺术的慰藉。当我们欣赏一幅佳作、一部戏剧，聆听一场音乐会，抑或是吟诵唯美的诗歌，我们最终所追寻的恰是使我们的灵魂远离压抑威胁我们的现实世界。我们所期望的是一片宁静而祥和的净土。艺术之于人恰似水之于鱼。而戏剧作为所有艺术的总和更与人血肉相连。"①

　　以袁昌英看，艺术是使人得以短暂从现实生活中脱离的奇妙手段，为其开辟了精神生活。然而另一方面，源于生活的戏剧也在影响社会以及人们的生活。②

　　此双重矛盾于其大部分作品中均有体现，特别是其改编自古诗的悲剧《孔雀东南飞》。

　　此外，其主要作品仍有：《活诗人》《究竟谁是扫帚星》《前方战士》《结婚前的一吻》等等。尽管其享有盛誉，但其终究仍难与顶级大师同列。

　　叶尼，抗战时期名声鹊起的青年抗战剧作家，特别是为往

---

①黄英编《现代中国女作家》，第 103 页。
②参见黄英编《现代中国女作家》。

印度及马来西亚之中国公民创作爱国主义戏剧。其至今仅创作宣传作品，当时，在社会及爱国主义角度均具有一定的价值。然而于文学的角度，其仍有不少有待商榷之处。

叶尼所处年代、工作环境，以及其一波三折的生活均十分典型。这也是抗战后期诸多知名作家所处境遇与工作方式。

1939 年，叶尼于香港编写了多部戏剧，集于一卷《没有男子的戏剧》，由潮锋出版社于丽水出版。在引言中，作者对其文学生涯之缘起进行了解释：在日留学期间，其曾观看曹禺的戏剧《雷雨》。自此，其便有了与其友人创建戏剧协会的想法，并为之取名中华戏剧座谈会。初期，该社团仅演出果戈理的一部作品，后叶尼又加入了另一部由其自己创作的独幕剧。至此，从叶尼早期的工作中，其戏剧创作倾向已显而易见，即有用于观众。

1937 年，叶返回上海，后旅行于印度及马来西亚。在当地，其创作了有益于移民这两个国家的中国人的一部新戏剧。该剧再次印证了其仅关注于有益于观众的创作倾向。就在此时，战争爆发，叶想返回上海，却因受阻而未能成行，故转而决定在当地为祖国服务。叶于新加坡创作了两部爱国主义戏剧，由当地唯一的中国戏剧社团——新加坡业余话剧社演出，并获得巨大成功。于作品中，作者严厉批判了依靠祖国养活，却在对日贸易中发国难财，借以丰盈自己腰包的中国奸商。然而这是个极为危险的主题，作者之后也受到了其大胆所致后果的影响。尽管叶尼于中国民众中取得巨大成功，受到中国民众的爱戴，有时亦不得不保持沉默，但其却利用此间歇继续专注于戏剧创作。不久后两部"街头戏剧"横空出世，此亦为盟军抵御日寇的宣传作品。期间，"叶语"社团组织起一批足迹几乎遍布整个半岛的巡回演员，并更名为马华巡回剧社。

1941 年，日本对美国宣战改变了马来西亚之政局。政府采取官方措施抵制日货和中国商人的地下活动。由此，叶尼的爱国行动更加不受拘束了。

据说，这位作家写作为达到其爱国目的，充分考虑到了观众以及他所能指挥的演员以及表演的时间和场所条件。正是这些使得其爱国宣传得以奏效。通过戏剧形式以及戏剧作品之主题都能看出其不凡的戏剧天赋，这也是其未来成功的保障。

后 记

读及中国几部新戏剧，不禁惊异于其自胡适与王独清时期至今所取得的巨大发展。然作品之情感多为悲伤、忧愁、愤慨，抑或悲观。极少作家抒以乐观与快乐之情，实乃中国新文学一大缺憾。中国新文学在其发展过程中，有意或无意，倾向于反抗、革命、乌托邦式，抑或是悲观主义，无不在诉说着困惑、讽刺、悲观或宿命者口中难以逃脱之命运。

以现有的观点审视，中国新文学无论于戏剧或是文学方面均有所缺失。许多中国作家亦有此感，在其作品或是个人生活中，均对此颇有感慨。他们不断寻求，以慰藉其心灵，有人称其寻得共产主义和激进革命之道以解决现有社会的问题，然因其忽视现实之需求，仅依靠推翻现有秩序与毁灭，此类方法终究难以奏效。正如鲁迅所说："我们并不想死。"他还说道："革命并非一场给我们以人间天堂之罗曼蒂克式甜美之梦。相反，革命是残酷的、激烈的、血腥的。所谓的胜利者依旧像从前一样，须继续斗争，继续忍受，继续痛苦。"鲁迅曾希望寻得合理解决问题之良方，然其本身也不曾确信是否已然找到。

顾仲彝于其《今后的历史剧》一文中指出一条解决问题更为明确之路，认为中国现代戏剧中缺少人物心理之细微描写，这一缺憾极为典型。其认为剧作家一般极少刻画人物生动、真实之思想状态，极少研究主要人物内心的纠葛、状态与变化。然而，可喜的是，在著名悲剧《雷雨》中，伟大剧作家曹禺曾在四凤向周萍求婚一幕中，发掘了周萍内心之纠葛与斗争，也正是这一幕成为全剧最为揪心之处。事实上，悲剧之"悲"也并非仅仅在于人物内心之纠葛与思想之争斗，当主人公身处悲剧之境况，自然做出英雄般却又符合人本性之决定，勇敢承担责任，是为更崇高之悲怆。

　　值得一提的是，这一观点是顾仲彝与其他众多当代戏剧家从西方借鉴学习而来的。该思想不仅成为其作品内涵的基础，更是基督哲学就自由与专断，世界之恶，上帝及其掌管之宇宙万物，以及生命之灵魂等方面主张与教义的根基。

　　正是此等依据方可填补中国新文学之空白，也正是此等真相方可驱散中国新文学普遍弥漫的忧伤与悲观的气息。

　　然中国作家长久以来并未有此意识，缘其未曾有机会得以近距离接触真正西方文化，只知唯理论与实证论介绍的物质文明。此类提法之于世界文化，既无哲学之贡献，亦无文学之价值。如今，唯科学论即将寿终正寝，于 19 世纪被极度扭曲之真正西方文化正重回大众视野，基督之真理亦愈发重要。基督教应同其在西方国家一样，亦应在中国履行好其应有之文化职责。

　　1928 至 1930 年间，中国见证了一场关于文学定义的激烈文学运动。厄普顿·辛克莱曾说道："一切文学皆为宣传。"一些人曾总结中国文学应是革命的，亦有人认为文学之职能应为创造，抑或是再现生活。

　　事实上，一切远离生活的文学皆为虚幻，其内容皆为幻想与假象，终似黄粱一梦。

关于文学定义之争，若将其表里分开来看，则更为简单。表，为文学之本身；里，为依托世界、人类与上帝而产生的思想。这正是鲁迅、周作人以及其他中国伟大思想家早在争论之初便已提出的解决之策。然不得不承认，如若中国当今有许多真正意义上之文学作品，那么其思想家之数量远不及此。

参考文献

[1]陈炳堃. 最近三十年中国文学史[M]. 上海：太平洋书店，1931.

[2]郭湛波. 近五十年中国思想史[M]. 北平：人文书局，1935.

[3]梁启超. 饮冰室文集:第九卷[M]. 上海：会文堂，1932.

[4]胡　适. 胡适文存：第四卷：三集[M]. 上海：亚东图书馆，1921.

[5]胡　适，罗隆基，梁实秋，等. 人权论集[G]. 上海：新月书店，1930.

[6]胡　适. 建设理论集：中国新文学大系[M]. 上海：良友图书印刷公司，1935.

[7]阿　英. 史料·索引：中国新文学大系[M]. 上海：良友图书印刷公司，1935.

[8]郑振铎. 文学论战集：中国新文学大系[M]. 上海：良友图书印刷公司，1935.

[9] 李　季. 胡适中国哲学史大纲批评[G]. 上海：神州国光社，1932.

[10]袁湧进. 现代中国作家笔名录[M]. 北平：中华图书馆协会，1936.

[11]杨晋雄，等. 北新活页文选作者小传[G]. 上海：北新书局，1936.

[12]桥川时雄. 中国文化界人物总鉴[M]. 大连：大谷仁兵卫，1924.

[13]平　心. 全国总书目[M]. 上海：生活书店，1935.

[14]杨荫深. 中国学术家列传（第二版）[M]. 上海：光明书

局，1941.

[15]杨荫深. 中国文学家列传[M]. 上海：中华书局，1939.

[16]阮无名. 中国新文坛秘录[M]. 上海：南强书局，1933.

[17]张若英. 中国新文学运动史料[M]. 上海：光明书局，1934.

[18]林何林. 近二十年来中国文艺思潮论[M]. 上海：生活书店，1939.

[19]王哲甫. 中国新文学运动史[M]. 北京：杰成印书局，1933.

[20]史秉慧. 张资平评传[M]. 上海：现代书局，1933.

[21]梁实秋. 浪漫的与古典的[M]. 上海：新月书店，1927.

[22]乐华编辑部. 当代中国文艺论集[G]. 上海：乐华图书公司，1933.

[23]黄　英. 现代中国女作家[M]. 上海：北新书局，1931.

[24]贺玉波. 中国现代女作家[M]. 上海：现代书局，1932.

[24]草　野. 现代中国女作家[M]. 北京：人文书局，1932.

[25]李何林. 中国文艺论战[M]. 上海：东亚书局，1932.

[26]苏　汶. 中国自由论辩集[G]. 上海：现代书局，1932.

[27]郁达夫. 中国文学论集[G]. 上海：一流书店，1942.

[28]伏志英. 茅盾评传[M]. 上海：现代书局，1931.

[29]钱杏邨. 现代中国文学作家[M]. 上海：泰东图书局，1931.

[30]李素伯. 小品文研究[M]. 上海：新中国书局，1932.

[31]施蛰存. 灯下集[M]. 上海：开明书店，1937.

[32]杨之华. 文坛史料[M]. 上海：中华日报社，1943.

[33]沈从文. 沈从文选集[M]. 上海：万象书屋，1936.

[34]张惟夫. 关于丁玲女士[M]. 北平：立达书局，1933.

[35]沈从文. 记丁玲[M]. 上海：良友图书印刷公司，1934.

[36]张天翼.张天翼选集：现代创作文库[M].上海：万象书屋，1937.

[37]朱自清. 你我[M].上海：商务印书馆，1936.

[38]常　风. 弃馀集[M].北京：新民书店，1944.

[39]张少峰. 鬼影[M]. 北平：震东书局，1930.

[40]谢六逸. 模范小说选[G]. 上海：黎明书局，1933.

[41]张次溪. 灵飞集[G]. 天津：天津书局，1939.

[42]郭沫若代表作：现代作家选集[M]. 上海：三通书局，1941.

[43]郭沫若代表作：我的幼年[M]. 上海：光华书局，1929.

[44]郭沫若代表作：创造十年[M]. 上海：现代书局，1933.

[45]郭沫若代表作：橄榄[M]. 上海：现代书局，1931.

[46]刘修业. 文学论文索引[M]. 北京：中华图书馆协会，1933.

[47]梁实秋. 偏见集[M]. 上海：正中书局，1934.

[48]周作人. 中国新文学的源流[M]. 北平：人文书局，1934.

[49]周作人. 点滴[M]. 北京：北京大学出版部，1920.

[50]周作人. 自己的园地[M].上海：北新书局，1923.

[51]周作人.周作人代表作选[M]. 上海：全球书店，1937.

[52]何　凝.鲁迅杂感选集（第二版）[M]. 上海：青光书局，1933.

[53]鲁　迅.二心集（第三版）[M]. 上海：合众书店，1940.

[54]鲁　迅. 而已集[M]. 上海：北新书局，1933.

[55]勒古依.英国文学史[M]. 巴黎：法国阿歇特出版集团，1921.

[56]泰勒.美国文学史[M]. 纽约：美国图书公司，1936.

[57]胡　适. 中国的文艺复兴[M].伊利诺伊州：芝加哥大学，

1934.

[58]李长山.中国现代作家[M].北京：北京政闻周报社，
1933.

[59]现代评论[J]，1924、1925.

[60]读书月刊[J]，1932.

[61]新月月刊[J]，1928、1929.

[62]未名半月刊[J]，I、II.

[63]文艺月刊[J].